三國笑史 5

神算孔明揚名天下！

林明鋒★編繪

五南圖書出版公司 印行

作者簡介

林明鋒

專職漫畫家，擅長歷史人物繪圖，百分百的「三國控」，對三國歷史和人物性格相當著迷，多次繪著成書籍出版，腦海裡裝的是三國，心裡想的是三國，筆下化成文字是三國，揮灑成圖像的也是三國！三國裡的人物可以是英雄式的演出，可以是耍智謀的出招，也可以笑中帶淚的飆戲……這就是他眼中的三國魅力！

代表作品：《蜀雲藏龍記》、《雲州大儒俠》、《洪蝠齊天》、《笑三國》

得獎紀錄：

一九九二年東立出版社漫畫新人獎、一九九五年（84年度）國立編譯館優良漫畫獎：甲類佳作（蜀雲藏龍記的第三部）、二〇〇一年（90年度）國立編譯館優良漫畫獎：甲類佳作（雲州大儒俠史豔文），作品收藏在雲林偶戲博物館。

推荐序

那些狠角色們……

《三國演義》的作者羅貫中在這部大書的開場中，說出了一句透視中國歷史的話：「天下大勢，合久必分，分久必合。」此言之所以顛撲不破，其間最主要的原因在於中國社會對「人才」的渴求。每到政治瀕臨崩解的危急存亡之秋，總有非常之人挺身而出，以捨我其誰的精神撥亂反治。所謂「江山代有才人出」，短短一段不滿百年的三國時期，秀異人才輩出！諸葛亮、龐統在未出仕之前，已經名動天下！而曹操也對劉備直言：「天下英雄，唯使君與操耳。」

在三國分疆的時代，得人者昌。而這些一時之選的人傑，總是在不斷地對立衝突的軍事與外交情勢之下，彼此激發出了充滿智慧的韜略，諸葛亮曾讚賞曹操善用奇兵突襲，他打仗是以智取，諸葛亮本人則更是當世奇才！孔明之用兵，止如山，進退如風。這些互相敵對的人才，也都是可敬的對手！同時也在千百年以下讀者的心目中，留下了許許多多深刻雋永、幽默風趣的精彩片段。

《三國笑史》系列就是在這樣的基礎上，進一步揉合了經典文學與爆笑漫畫，那些充滿知性又兼具趣味的對白，再加上KUSO的繽紛插圖，使得沙場上馳騁驍勇的戰將們，個個轉身成為口語化的性格主角，將讀者帶進了輕鬆易懂的故事情境。從白馬將軍公孫瓚、聯軍盟主袁紹、一代影后貂蟬、賣鞋郎劉備……等等輪番上陣的三國名人背後，透視古人的文武裝扮、生活用品、科學技術，甚至於戀愛美學。我們在漫畫家林明鋒的筆下，穿越時空，一睹當時最夯的武器、最酷的盔甲、最賣的暢銷書、最拉風的跑車……。原來閱讀古典文學是這麼令人興奮的一件事！

理解三國時期各種人物的性格與命運時，同時也是一場非常有趣的心智冒險經歷！熱愛三國故事的人們絕不會忘了那些悲劇性的時刻：董卓殺少帝、屠百姓、盜墓燒城，喪心病狂！他死後屍體被用來燃燈照明，其棺木又遭雷電劈打！而袁紹在當上盟主之後，自大疑心、輕信讒言，與自家人爭奪不休，最後竟落得吐血身亡！老來出運的賣鞋郎劉備，為了替關羽和張飛報仇，竟一時之間感情用事，傾全國之兵討伐東吳，不僅血海深仇未報，反而被陸遜一把順風火，燒得全軍大敗！這都是我們現代人可引為警惕的事。

然而當我們想要融入這些具體情境的時候，地理方位和空間概念的建構，又成為我們最初的課題。這個部分《三國笑史》以生動有趣的漫畫，連環組成了一系列簡潔清晰的漫畫式地圖，讓我們毫無障礙地穿越時空回到古戰場，具體感受這些叱吒風雲的狠角色們，如何在幽州、冀州、并州、青州、徐州……之間，笑傲沙場，轉戰千里。

走過一段風雲變幻的歷史歲月，遙想當年那些蓋世英雄，每一個人都有屬於他自己的豪情壯舉，關公斬華雄、顏良，誅文醜，過五關斬六將，單刀赴會，水淹七軍……，卻也躲不過天生性格的弱點，麥城一敗，喪失了性命和自尊，歸根結柢還在於過度的自信與自矜。而周瑜的抗壓性弱，張飛的猛暴與固執，呂布善變，袁紹多疑，曹操輕敵……，閱讀這些精彩故事的時候，腦海中自然浮現出一幕幕生動的畫面和深刻的意象，那將使我們在經典中逐漸的潛移默化，知所警惕。於是我們將逐漸開啓智慧、激發腦力和創意，以吸取古人生命的熱力來點亮自己未來無限的光輝。

佛光大學中文系副教授　朱嘉雯

二〇一四年十二月十四日

袁紹
鄴城
黎陽
袁紹大軍雖眾多，但我的七萬精兵以一當十，防守在官渡戰線，待我以奇兵燒光袁軍囤積在烏巢的糧草，兩軍強弱就一夜逆轉了。
河
黃
烏巢
官渡
曹操
許都

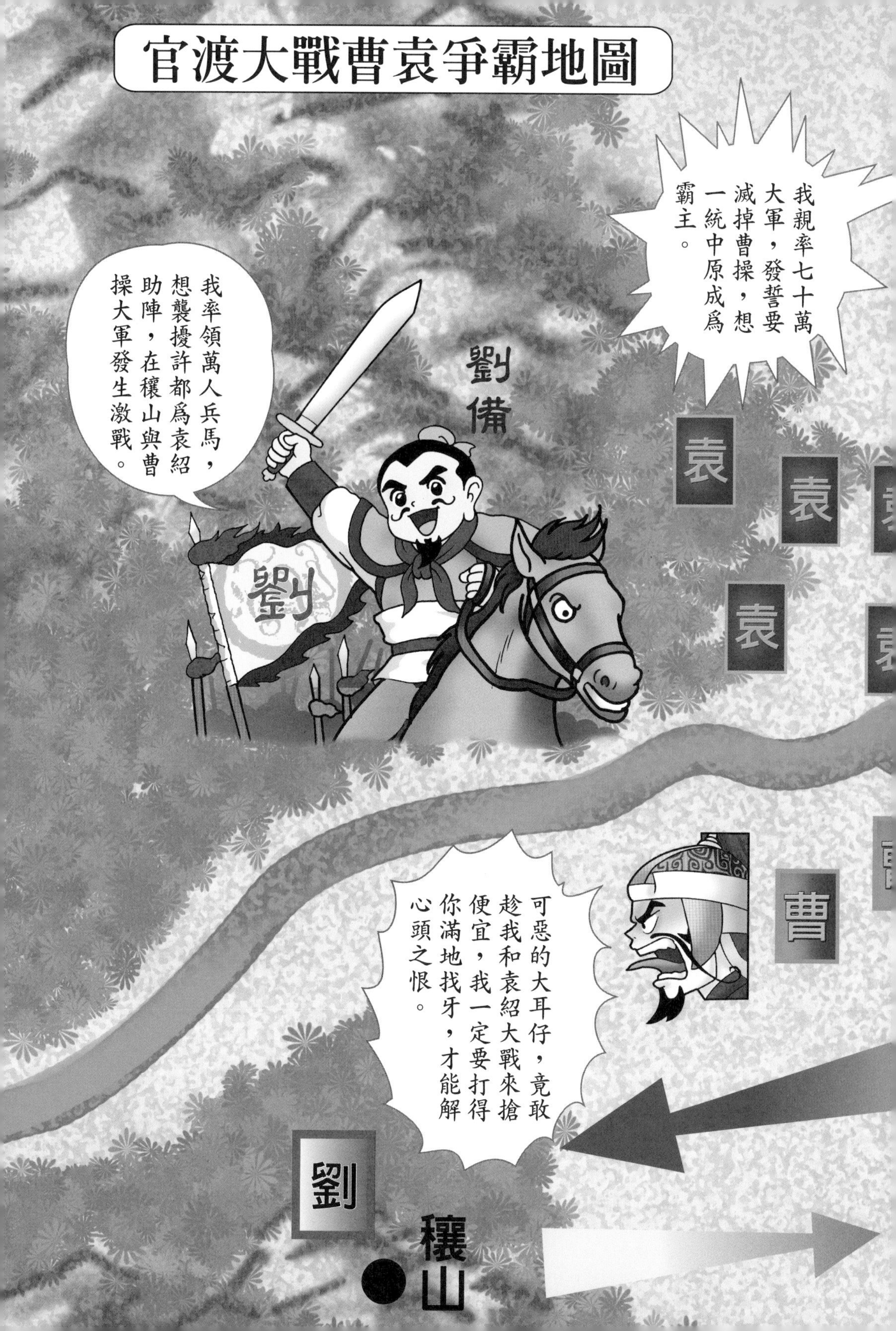
官渡大戰曹袁爭霸地圖
我親率七十萬大軍，發誓要滅掉曹操，想一統中原成爲霸主。
劉備
我率領萬人兵馬，想襲擾許都爲袁紹助陣，在穰山與曹操大軍發生激戰。
劉
袁
袁
袁
曹
可惡的大耳仔，竟敢趁我和袁紹大戰來搶便宜，我一定要打得你滿地找牙，才能解心頭之恨。
劉
穰山

三國人物點名

許攸

年少時與曹操交情很好，長大後投效袁營。袁紹懷疑許攸暗地裡協助曹操，想殺了他。許攸擔心性命難保，也氣憤含冤負屈，便夜奔曹營。

郭圖

袁營裡的參謀，官渡之戰時，主張痛打曹操，卻沒料到烏巢的糧倉被燒光。後來又建議偷襲曹操大本營，結果慘敗。最終被曹操的手下樂進殺死。

審配

與逢紀極力擁護袁尙，視「反對黨」郭圖、辛評爲敵。袁紹死後，他竄改遺命，立袁尙爲繼承人。後來，被曹將徐晃斬死。

逢紀

袁紹死後，迫於無奈來到袁譚軍營。袁譚兵敗後，逼迫他寫信向袁尙討救兵，因爲沒有完成使命，被袁譚下令斬首。

袁家三兄弟

袁紹有三個兒子：長子袁譚、次子袁熙、幼子袁尚，其中以袁尚最得寵。三人都深具野心，想擴大地盤，稱霸天下，卻稱不上是將才。袁紹死後，三兄弟爲了爭權奪利，鬧起內訌，大演鬩牆戲碼。這一鬧，喪失了重振家風的機會。

甄宓

袁熙的老婆，官渡之戰後，曹丕趁機搶走甄宓，生下曹叡。後來，遭貴嬪（ㄆㄧㄣˊ）郭王女陷害，被曹丕賜死。等曹叡繼位，才追尊甄宓爲文昭皇后。

伊籍

爲人文雅大方，口才極佳，早年效命劉表，後成爲蜀漢官員。他出使東吳時，因爲受孫權嘲笑，反暗諷孫權是沒有人道的庸君。

司馬徽

東漢末年隱居在深山裡的高人，好友龐德公稱他「水鏡先生」，後人稱「好好先生」。他精通經學，是徐庶、諸葛亮的老師，曾爲劉備推荐人才。

徐庶

本名叫徐福，貧寒人家的子弟，水鏡先生司馬徽的門生，經引荐，效命劉備擔任參謀，大破曹軍的「八門金鎖陣」。他因爲母親被挾持，無可奈何下投效曹操。

諸葛亮

在南陽郡過著耕讀生活，拜水鏡先生司馬徽爲師，在劉備「三顧茅廬」下，答應請求，協助他打天下。劉備死後，受託孤，輔佐後主阿斗。因積勞成疾，病死在五丈原。

阿醜

諸葛亮的妻子，相傳本名叫黃綬，俗名阿醜，東漢名士黃承彥的女兒。據說因爲她的髮色像枯乾稻草、膚色黝黑，長相醜陋，被戲稱「阿醜」。

甘寧

早年是江洋大盜，後投效黃祖，因受輕視，一氣之下投降孫權，成了東吳的生力軍。他奉命追殺黃祖，爲孫權報了殺父之仇。

黃祖

因殺死孫堅，與孫權結下深仇大恨。多年後，孫權率兵復仇，黃祖派部下甘寧迎戰，漂亮地反擊，但是淺光膚淺的他並沒有重賞甘寧，反而奚落對方出身低賤。過了幾年，死於甘寧手下。

目錄

金榜題名

三國笑史

1 梟雄曹操許願

曹操和袁紹少年時是一起玩樂的好友，隨著年歲增長，兩人漸行漸遠，形同陌路。如今，兩人為爭奪當世霸主的地位而兵戎相見。

袁紹領七十萬大軍前進官渡，威脅許都。
曹操僅有七萬人馬，袁軍十分之一的兵力，這場霸主爭奪戰，曹操明顯居下風。
烏巢
官渡
洛陽
許都

神啊！請賜給我神奇的力量，能打敗來勢洶洶的袁大頭。

你拿這點供品收買我，就當自己是大爺啦！
許這麼難實現的願望，真傷腦筋！

粉墨登場　梟雄PK關東主

梟雄曹操和關東主袁紹是「穿同一條褲子長大」的死黨。曹操本姓夏侯，因父親曹嵩為宦官曹騰的養子，成了閹官後代；袁紹雖然出身大官人家，無奈母親是小妾，提起身世有點瘩疙。二人曾結夥搶新娘，被人追得半死；長大後齊心討伐黃巾賊，因為爭天下，打得你死我活。

如果不是為了劇情效果，我才不想跟腦袋是超合金的紹仔合照呢！

語文學堂

- 兵戎相見：發生武裝衝突。兵戎：泛指武器、軍隊。
- 下風：本指風所吹向的那一方，後比喻作戰、比賽等一方處於不利地位。
- 來勢洶洶：形容事情或正進行的動作氣勢相當盛大。

三國故事開麥拉

當曹操獲知孫策死後，動起攻打江東的念頭。「那孫權啥事也不懂，打垮他猶如桌上拿柑。哈哈哈……」

此時人在許都的吳國幕僚張紘（ㄏㄨㄥˊ）勸說：「挑這個時機伐兵，會被罵沒有正義。不如順勢拉拔孫權，塑造主公愛材、仁慈的形象。」

心機深沉的曹操向來愛做表面功夫，他想了想，打消進兵計畫並且上奏漢獻帝，封孫權爲將軍、張紘爲都尉（古代武官職位）。這招「先給糖再下毒」的狠招，果然很有「曹式」風格，夠陰！夠狠！

張紘帶著官印前往江東，孫權頗欣賞張紘的能力，讓他與幕僚張昭一起管理政事，齊心穩定江東政局。孫權打算實力強大後，再狠狠出招！

小權權，別傷心，孫策死了，就由我來疼愛你、呵護你。快讓我抱抱吧！
喂，你少來這套！腳本哪有這樣寫？
操，你再亂演，以後絕不發你通告。

穿越時空

古代送錯禮，囧很大！

古人們對送禮這碼事很講究，隨著身分地位高低，送的禮物也不同。

到底要送哪些禮物呢？天子貴爲九五之尊，以美酒當禮物；公侯送白玉；卿送羔羊；大夫送雁。天子送的美酒是用百草釀製的，市井小民一輩子都嘗不到；古人視玉爲君子，認爲君子像美玉，雖有小瑕疵卻不損其高尚德行，雖有脾氣卻不會怒罵無辜者；羔羊幼小時跪著喝母乳，是懂得孝順的動物，所以進入排行榜；大雁每年會隨著季節變化而定時遷徙，送人大雁，表示讚美對方有誠信。

直到現今，「送禮」仍然是一門學問，送錯了禮物會鬧出笑話，像「送鐘」因與「送終」同音，送這種禮物一定遭對方狠狠地翻白眼。

小紹紹，我準備了純手工打製的銅鏡，請笑納。
送人鏡子是暗喻「豬八戒照鏡子，裡外不是人」，哼，算你狠！
操哥，送你金童玉女，祝你一路好走！嘿嘿嘿！
可惡，詛咒我早死！@#@#

三國笑史

2 曹軍餓肚皮死守戰線

曹軍抗拒袁軍僅一個月，就陷入軍力疲乏，糧草不繼的困境。
再這樣下去不是辦法，還是先撤兵回許都再作打算。

曹操雖想撤兵但猶豫不決，他寫信給留守許都的荀彧，徵求意見。
幾天後，荀彧回信說……
惡狗最愛咬轉身逃走的人。

荀彧是旁觀者清，他的建議一針見血。
曹操果斷的打消退兵的想法。

在許都留守的荀彧……
老曹如果撤兵回來，我的日子哪能這麼自在。

粉墨登場　美男子謀士荀彧（ㄩˋ）

曹營的謀士，早年效忠袁紹，但是覺得袁紹太自負，難成大事業，便改效命曹操。荀彧才能高，相當受曹操賞識，曾誇他「是我的張良」。荀彧不僅才情數一數二，也是令人眼睛發亮的美男子，堪稱「才貌雙全」。當曹操迎接漢獻帝到許都後，荀彧與眾參謀成立了智囊團，齊心輔佐曹操，協助他爭天下。

我這麼優，戲分卻沒有孔明多，好悲情！

語文學堂

- 撤：除去。
- 一針見血：比喻文章、言語簡短，卻能切中要害。
- 果斷：不猶豫。義同「當機立斷」。

三國故事開麥拉

隨著公孫瓚、呂布、孫策魂歸西天，爭天下的霸主重新洗牌，以袁紹、曹操勢力最強大。袁紹獲知白臉曹推荐孫權當將軍，血壓急速飆高，氣得調動七十多萬大軍，攻打許都。「哼，這麼跩，都忘了誰才是老大了！」

出來混，當然要有膽識，曹操領兵七萬迎戰，打算速戰速決，狠狠地把袁紹痛毆回去。然而老天爺怎麼安排，誰也無法預測，這場戰役打了好久，曹營的糧食愈來愈少，再拖下去，兵馬們恐怕不是戰死疆場，而是活活地餓死。

「這下慘了，沒糧食怎麼辦？」曹操寫信問駐守在許都的荀彧，表示想撤兵回去。荀彧急回信，勸曹操萬萬不能退兵，要等待時機，以奇計取勝。

曹操聽從建議，打算勒緊肚皮，等待老天爺送來奇計。

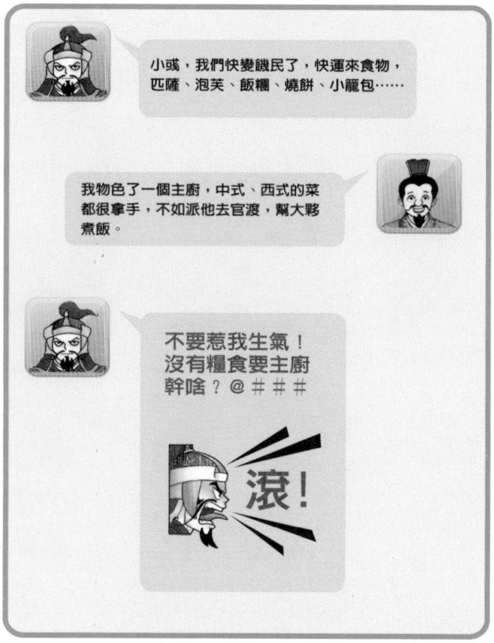
小彧，我們快變饑民了，快運來食物，匹薩、泡芙、飯糰、燒餅、小籠包……
我物色了一個主廚，中式、西式的菜都很拿手，不如派他去官渡，幫大夥煮飯。
不要惹我生氣！沒有糧食要主廚幹啥？@###
滾！

掌管食物的灶神

灶神是掌管人間飲食的天神，除了掌管飲食，還負責監督人們做了哪些善事、說了哪些好話，有沒有做壞事、罵別人，灶神會記載下來，每年的農曆十二月二十四日回天庭稟報玉皇大帝。

據說灶神在成爲天神前是凡夫俗子，叫張宙，愛吃喝嫖賭，花光了祖產，無奈之下把老婆賣給有錢人，最終淪爲乞丐。有一天他來到某户人家行乞，正巧是買了前妻的有錢人家，前妻見張宙可憐，讓他來到廚房吃飯。

張宙正吃著，突然主人回來了，吩咐婦人燒水。張宙擔心他在廚房，主人會誤會，壞了前妻的名節，一急之下跳進灶裡，活活燒死了。

之後，前妻在灶頭擺了長條桌子，放置香爐祭拜，表示人們用灶炒菜煮飯，不祭拜灶神表示感激的話，會遭天譴。後來，祭拜灶神逐漸成了民間習俗。

灶神吃甜甜，記得多說些民婦的好話唷！
OK！我很公正，不會加油添醋啦！

三國笑史

3 哇咧，烏巢著火了！

曹操正在苦惱軍糧短缺時，袁紹帳下謀士許攸，適時來降，獻上良策。
許攸
烏巢
官渡
袁紹把糧草全囤積在烏巢，只要用計全燒了，袁軍三日內定會自亂陣腳。
說得有理！
我缺糧草，若袁紹糧草也沒了，兩軍比的就是士氣，如此，我的勝算就大增了。
曹操精選步兵五千人，穿上袁軍衣服，打著袁將蔣奇的旗號，詐騙烏巢糧寨守衛開了寨門，曹操立刻下令縱火，一時火光四起，亮如白晝。
蔣
誰在放煙火？好漂亮啊！
袁紹居然傻得把重要的糧倉交給酒鬼把守，怎能不敗呢？
淳于瓊

粉墨登場　出走袁營的謀士許攸

幼時與曹操交情很好，長大後投效袁營。他向袁紹建議偷襲兵力空虛的許都，痛砸曹操的大本營，然而，袁紹怕誤中敵方的詭計，以及懷疑許攸暗地裡協助曹操，反嗆日後將取下他的人頭。許攸擔心性命難保，也氣憤被冤枉，便在夜裡逃走，奔投曹操。後來他因講話過於自大得罪曹營眾部將，被虎痴許褚殺死。

我是福星耶，那個袁紹不識貨，難怪輸得慘兮兮。

語文學堂

- 適時：適合時宜、時間合適。
- 囤積：積聚貯存。
- 自亂陣腳：自個兒使秩序大亂。陣腳：本指所擺的陣的最前列，此比喻隊伍。

三國故事開麥拉

這天許攸夜奔曹營，改寫了袁紹爭霸的命運。曹操驚喜地赤著雙腳衝出來迎接，因太熱情，許攸感動到快噴淚！他委曲地說明自個兒向袁紹建議偷襲許都，卻遭懷疑是間諜以致性命不保，所以來投誠。

「哈哈，那個紹仔若用了你的計，我就完了！」曹操高興地說。

許攸早知道曹操缺糧，故意探白臉曹肯不肯坦白講。這個餓肚皮的奸雄唬爛地說糧食還夠吃半年，又改口說三個月、一個月。許攸聽不下去了，搖搖頭表示根本沒糧草，還硬裝闊幹麼？曹操大驚，懇求救命。

二人徹夜密談，決定採「燒糧倉」＋「劫糧草」之計。當火勢熊熊吞噬烏巢時，守糧倉的淳于瓊卻喝得醉茫茫，不知這下慘了！

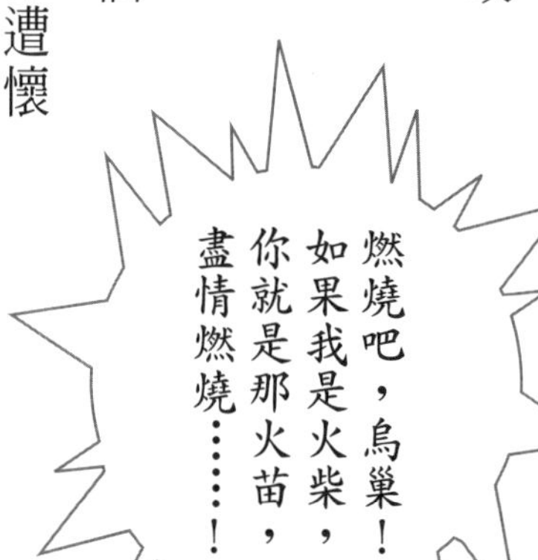
燃燒吧，烏巢！
如果我是火柴，
你就是那火苗，
盡情燃燒……！

喂，這裡是烏巢，有縱火狂又唱又跳擾人清夢。

穿越時空

火攻，燒下去！

「火攻」，這種戰略法在古時候屢見不鮮，像官渡之戰、赤壁之戰、夷陵之戰，就是史上以「火攻」大獲全勝的戰役，其中苦主關東主袁紹、奸雄曹操、蜀漢老大哥劉備都吃過「火攻」的虧。

當年曹操與袁紹在官渡對峙，曹操正愁沒糧草打持久戰時，從天上掉下來的許攸助了他一臂之力，火燒烏巢燒光了袁紹稱霸的美夢。

「三年一閏，好歹照輪」，放火打贏的曹操作夢都想不到自己也會慘遭「火攻」。他想攻打東吳的孫權，浩浩蕩蕩地率領八十萬大軍，還擔心北方將士怕暈船，用鐵索將每艘船連在一起，結果被周瑜放火燒船，八十萬大軍慘死一半。

劉備因爲替關羽報仇，憤打東吳。本來氣勢如虹，卻因拒絕對方投降，結果半年後在山林避暑時，被敵將陸遜放火燒營帳，輸得慘兮兮！

我好怕！導演不知有沒有替我們買保險？
免驚啦！等一下的放火戲是用電腦合成，我們對著鏡頭做表情就好。

片場，導演準備開拍新戲——三國爭霸火攻。

三國笑史

4 曹袁大戰彩券逗熱鬧

烏巢大批糧草化為灰燼，袁紹大軍果然人心浮動，混亂不安。

在萬分危急的局勢下，袁紹竟又昏頭聽信郭圖的讒言，
誤會大將張部與高覽想謀反，氣得要殺了他們。
郭圖

張部和高覽受冤，一怒之下，索性當真投降曹操。
太好了！
張部
高覽

袁紹文缺許攸，武失張部與高覽，加上糧草全燒光了，
如此彼消我長的態勢，必能讓我逆轉不利的戰局。

我押曹操會贏！
我押袁紹會贏！
真難選，現在雙方實力相當，勝負難料啊！
官渡之役勝負彩券簽注站
萬眾矚目的官渡大戰即將爆發

粉墨登場　「走鐘」的郭圖

袁營裡的參謀，官渡之戰時，郭圖自恃袁軍兵馬強盛、糧草充足，主張開戰痛打曹操，結果沒料到烏巢糧倉被燒光；事後，他又建議偷襲曹操大本營，結果慘敗。袁紹死後，這個判斷力「走鐘」的參謀輔助大公子袁譚，與二個弟弟對立，但是也沒有出色表現，後來被曹操手下樂（ㄌㄜˋ）進殺死。

誰說我「走鐘」？都怪那個袁老大沒政治頭腦，拖我下水被罵。

語文學堂

- 化爲灰燼：比喻全部都沒有了。
- 讒言：誹謗或離間的話。
- 索性：乾脆。
- 萬眾矚目：受到很多人的關注。矚：音ㄓㄨˇ，注視。

三國故事開麥拉

半夜，烏巢糧倉燃起熊熊大火，守將淳于瓊在睡夢中被敵將拖走，渾身是傷地回袁營報信，差點兒沒把袁紹氣死！他臉色鐵青地走出營帳，望向烏巢，見火光沖天，急召手下商議戰事。

大將張郃（ㄏㄜˊ）提議與高覽率領兵馬搭救；參謀郭圖卻力主襲劫曹營：「曹操率大批人馬攻烏巢，營帳一定空虛，我們應趁機逆轉勝！」

袁紹一心想翻轉逆勢，派張郃、高覽劫營，又派蔣奇領一萬兵救烏巢。不料兩邊都大敗。郭圖很賊，說張郃、高覽早就想投降，才會損兵折將。

「一群酒囊飯袋！」袁紹聽信郭圖胡扯，派人召張郃、高覽問罪。二人知道性命難保，殺了使者後投降曹操。這下子袁紹沒翻盤成功，反而死定了！

大膽跳槽博覽會　高薪徵跳槽人材
參謀跳槽部
伙夫跳槽部
大將跳槽部
快報名，免得好康被搶光。
小覽，白臉曹的待遇比較優耶！

穿越時空

請叫我「跳槽哥」

東漢末年最牛的「跳槽哥」首推呂布，他先後認丁原、董卓、王允爲義父，這種「有奶便是娘」的貪婪性格，讓他被冠上「三姓家奴」的識號。

再把歷史往前推，戰國時期也出現一位「跳槽哥」叫商鞅，曾待過衛國、魏國、秦國。商鞅本來是衛國沒落的貴族，因爲沒啥作爲只好前往鄰近的魏國找出路，後來在相國公孫痤（ㄘㄨㄛˊ）手下做事，相當受賞識。

有一天公孫痤生了重病，向魏惠王大力推荐商鞅，但是魏惠王瞧不起這毛頭小子，不肯重用他。公孫痤死後，商鞅獲知秦孝公在挖人材，便收拾行囊前往。

來到秦國混口飯吃的商鞅，人生開始翻轉，他精熟法律、政治、農業，向秦孝公提出變法改革，使得秦國變成超級強國。

鞅哥，咱倆不如開家「跳槽經紀公司」，協助大夥跳槽，開創美好人生。
我教法律、政治，你教武藝，沒條件跳槽的人可以先來補習。我們肯定賺翻了。
最牛跳槽哥簽唱會

三國笑史

5 官渡大戰瞎鬧版

曹操率領八路大軍齊出，直衝袁紹大營，袁軍全無鬥志，迎戰時兵敗如山倒，
四散奔逃，
曹軍一路追殺袁軍八萬餘人，
造成血流成河的悲慘景象。

袁紹慌張的連戰甲都來不及穿，在隨從的保護下倉皇渡河而逃。
曹操，我一定會報仇的。
官渡大戰，曹操大獲全勝！

袁紹這傢伙，輸得光屁股逃跑，還敢說大話。
曹

請問關渡捷運站，往哪裡走？
你們是來鬧的吧！

粉墨登場　寧死不降的沮授

論智力、政治判斷力都相當出色的參謀，亦懂得天象。當年他估計時機還未成熟，不贊成袁紹對曹軍開戰，可惜主子自我感覺太良好，硬要開打，以致兵敗如山倒。沮授被曹操擄獲後不肯招降，後來還偷了一匹馬逃走。曹操大怒下令殺了他，事後相當悔恨，命人厚葬，並於墓碑上題寫：「忠烈沮君之墓」。

奇怪耶！幫我立墓碑的竟然是曹操。

語文學堂

- 血流成河：形容被殺的人很多，血水足以匯聚成河。
- 隨從：跟隨的人，泛指下屬。從：音ㄘㄨㄥˊ，跟隨者。
- 倉皇：匆促慌張的樣子。

三國故事開麥拉

東漢獻帝建安五年（西元二〇〇年），曹、袁大軍對峙於官渡（今河南省中牟縣），袁紹愈打愈漏氣。這天夜晚，曹操派張郃（ㄏㄜˊ）、高覽去劫袁軍營帳，打了漂亮勝仗；又派人散布謠言，曹操將一路攻下鄴郡、黎陽，狠斷袁軍退路。

一時昏頭的袁紹也沒判斷眞假，慌忙派三子袁尚領五萬兵馬救鄴郡，大將辛明則領兵五萬救黎陽。曹操見敵方人馬混亂，大喜道：「這個袁紹眞好騙！」下令兵分八路，衝殺追敵。

袁軍像受驚的鼠輩四散奔逃，連袁紹都來不及披甲，僅穿著薄衣，在長子袁譚的保護下，領著八百餘人逃命。袁紹等人奔逃到黎陽，打算聚攏逃散的兵馬，與曹操拚下去！

導演，幹麼安排白臉曹爲我做 CPR？人家不要啦！
小紹紹，我經過專業訓練，免驚啦！

掃到風颱尾的謀士

官渡之戰袁紹大敗，營帳裡有二名資優謀士——田豐、沮授，一個因「良心建議」搞得袁紹很火大；沮授則是先被袁紹監押，後成了曹軍戰俘，因爲死不投降，又偷馬逃走，惹毛了白臉曹，慘死刀下。

這二人都曾苦口婆心地建議袁紹，田豐料準曹軍缺糧草，打不起長期戰，袁紹想制霸應打旋風戰。無奈袁紹討厭田豐唱衰，下令將他關入大牢後遭處決。

沮授也因不贊成太早與曹操開戰，激怒了袁紹而被關入大牢。他懂得天象，烏巢起火前曾觀看星空，預料烏巢恐有賊兵侵犯，求獄卒讓他見袁紹。

袁紹喝得醉茫茫，忽然被吵醒，下床氣很重，殺了獄卒，另派人繼續監押沮授。這二人都因官渡之戰開打前掃到「風颱尾」，實在有夠冤！

今晚痛快喝一頓，羅貫中說接下來我們會被打入大牢。
爲了劇情只好犧牲了，好苦情唷！

三國笑史

6 袁紹逃命戲有夠扯

倉亭
袁紹逃回冀州後聚集長子袁譚的青州五萬兵、次子袁熙的幽州六萬兵、外甥高幹的并州五萬兵，合四州兵力總共三十萬人，前往倉亭建立營寨，意圖一雪前恥，消滅曹操。
袁家的雜碎們全聚在一塊了，
我正好藉此機會一網打盡。
兩軍在倉亭火烈交戰，袁紹軍又大敗。
袁
倉亭
曹
曹操你給我等著，下次咱們再一決雌雄。
袁紹死期不遠還作大頭夢，豬果然是笨死的！
大哥，你叫我嗎？
又是來亂的吧！西遊記的片廠在隔壁棚。

粉墨登場　袁家三兄弟

袁紹有三個兒子：長子袁譚、次子袁熙、幼子袁尚，其中以袁尚最得寵。當年曹操追殺「滅曹幫」的共犯，劉備寫了求救信給袁紹，但是他因爲掛心袁尚生病而拒絕。袁紹死後，這三兄弟爲了爭權奪利，鬧起內訌，大演鬩牆戲碼，沒有一個人足以振興家業，最後連三國鼎立的位子都沾不上邊。

我們三兄弟精通「跑趴」，揪團玩樂啦！

語文學堂

- 雪：洗掉恥辱、仇恨、冤枉等，作動詞。
- 雜碎：罵人的話，意指都是些毫無作爲的廢物。
- 一決雌雄：決定勝負、高下。

袁紹灰頭土臉地逃回冀州，一陣子後，想立小兒子袁尚爲繼承人，但僅獲參謀審配、逢紀二票支持。正討論不休時，探子急報，袁熙等人領兵趕來支援。「白臉曹，你完了！」袁紹馬上整頓兵馬再戰。

袁軍三十萬兵馬踐踐地駐紮在倉亭，與曹軍對陣。第一回合袁尚搶頭香，射中敵將史渙的左眼，漂亮地獲一分。袁軍見狀，蜂擁而上，雙方人馬混戰起來。

曹操很洩氣，謀士程昱獻上「十面埋伏」計策，保證殺得袁軍唉唉叫。果然，袁紹見劫營寨的許褚率兵敗走，急派大批兵馬急追，卻慘遭埋伏的曹軍衝殺。

袁軍輸得慘兮兮，血壓飆升的袁紹突然昏倒，吐血昏了過去。袁紹被救醒後，交代兒子們整頓兵馬，發誓與白臉曹戰到底。

白臉曹，你……好賊！
唉喲，你們袁氏兄弟老愛演這種「噴血」老梗，眞是沒創意。

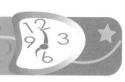

史上灑狗血劇情，看過來！

中國歷史上「名人吐血」而死的人也有好幾個，其中以東漢末年兄弟檔——袁紹、袁術，以及清朝的雍正、咸豐最搏版面，飆高收視率。

這四個人吐血的劇情都很灑狗血，第一個領銜主演的是袁術，他稱帝後事事不順，後來搞到曹操、呂布、劉備、孫策包抄夾擊，袁術在不甘心下，活活吐血氣死了。他的哥哥袁紹因官渡之戰慘敗，急火攻心下，也吐血而死。

雍正皇帝很操勞，每天得批二萬字的奏章，以致過勞而吐血死了。雖然他晚年愛煉丹吃藥，但至少算是勤奮的皇帝，每天凌晨就開始「嗡嗡嗡」地工作。

雍正的子孫咸豐皇帝相傳也是吐血而亡，不同祖先的是，他因縱情女色，身體不堪負荷而吐血，給人觀感不佳啦！

我們兄弟倆將領銜主演「三國吐血戰神」，四月一日愚人節首映，記得買票捧場唷！
三國吐血戰神
哇咧，保證三天就下片。

三國笑史

7 「表」哥，我來了！

袁紹經過兩次大敗已不足為慮，曹操命曹洪屯兵「河上」留守，他親率大軍前往汝南，要剿滅在後方想襲擾許都的劉備軍。
許都
曹
穰山
劉
夏侯惇
張飛
關羽
汝南
曹操大軍先在穰山拖住劉軍主力，再派獨眼的夏侯惇帶領奇兵繞過劉軍背後，直接攻取汝南斷了劉備的後路。
大戰過後，劉備領著殘兵奔逃。
曹賊太奸詐，我們不過他。如今，只有去投靠荊州劉表才有活路。
荊州城
怎麼你以前投靠的公司都倒閉了？
你真是命中帶衰啊！
劉表
履歷表
大哥，只要你包吃包住，我可以不支薪幫你看家護院。
最後，不信邪的劉表收留了劉備這衰人，命他屯兵新野城護衛荊襄。

粉墨登場　仗義收留皇叔的劉表

為荊州刺史（古官名，本為朝廷派赴督察地方的官吏，後沿用為地方官職的名稱），是西漢魯國恭王的後代，精熟儒家經典，相當有政治手腕。當曹操和袁紹打得如火如荼，劉表「隔山觀虎門」，趁機招兵買馬，擴大自個兒地盤，晉身大哥大級。後來他收留落跑的劉備，卻惹了一身腥，說來也很衰。

語文學堂

- 剿滅：討伐、滅除。剿：音ㄐㄧㄠˇ，消滅。
- 穰山：位今河南省。穰：音ㄖㄤˊ。
- 殘兵：打敗仗後剩下來的士兵。

都怪我「鐵齒」，被那帶衰的劉備害慘了。

三國故事開麥拉

袁紹一病不起，已失去霸主氣勢。曹操好樂，把攻擊重心轉移到偷襲許都的劉備，兩軍在穰山對峙。曹操高分貝斥責劉備忘恩負義，劉皇叔也非省油的燈，拿出獻帝的「衣帶血詔」，表示奉詔討奸賊，人人有責。

曹軍的虎痴許褚懶得聽劉備廢話，跨馬立刀衝殺出來，趙子龍迎戰；關羽、張飛也殺來支援，曹兵不堪三人包剿，轉身逃命。第二天起，趙子龍等人來到曹營外叫囂，但曹兵像木頭人般不爲所動。

「那曹賊在耍啥把戲？」劉備懷疑有詐。幾天後，探子來報，夏侯惇大破汝南，關羽、張飛被圍困。接下來，劉備這一方兵敗如山倒，只好投奔劉表。兩人都是漢室宗親，劉表親自出城迎接，並撥出宅院供劉備等人居住。

哇咧！怎麼搞得像出殯？
皇叔，你這一路可好走？我好擔心唷！
大哥，樂師奏哭調，奇怪耶！

穿越時空

養「食客」，好潮耶！

時下人們流行養貓、養狗、養魚、養迷你豬……，古時候有錢有勢的貴族卻一窩蜂養「食客」，食客人數愈多，表示自個兒愈有資格躋身霸主團。

翻開歷史冊頁，齊國有個貴族叫孟嘗君，養了三千多名食客，高居冠軍。養食客要幹麼？當然不是做慈善事業。貴族們都懷有野心，收留各種人材，隨時可以爲自個兒效勞。像孟嘗君財大氣粗，三教九流的人來投靠，他都來者不拒，市集宵小、詐欺犯、亡命之徒等等，只要有「一技之長」，統統開大門歡迎。

孟嘗君門下的食客素質參差不齊，有那種能鑽狗洞幫他偷回白色貂皮大衣的；也有精熟口技，學雞鳴，騙出城門的；也有深藏不露的高手馮諼，替他部署「狡兔三窟」。養對食客，人生果然能逆轉勝！

1．偷回限量品白色貂皮大衣。

別小看我僅會鑽狗洞，這項獨門技巧，我苦練好久耶！

2．協助孟嘗君等人混出城門，逃過一劫。

眾倌，我這嘴長得巧，學雞啼、學蛙唱、學蟬叫……，都難不倒我。

3．悄悄部署三窟，方便藏身。

馮諼

聽過「狡兔三窟」這句成語嗎？開創人是我啦！

三國笑史

8 關東主袁紹魂歸西天

袁紹與劉氏生的三兒子袁尚想搶功，自作主張引數萬大軍奔出黎陽，與曹軍對戰，被張遼打得落荒而逃，敗回冀州。
袁尚
袁紹得訊，知寵愛的袁尚不爭氣，損兵折將又敗在曹軍手下，氣急攻心之下，回吐鮮血，昏倒在地。
袁尚的母親劉氏在病榻前急忙問……
袁尚可以繼承你的大位嗎？
袁紹顫抖著手指虛空，說不出話來。
袁紹一氣之下吐出大口鮮血，全噴在袁尚身上。
恭喜袁尚公子中彩了，成為袁家繼承人！
審配
袁紹大叫了二聲，翻身而倒，一命嗚呼！霸主雄圖，終成水中泡影，無聲無息。

粉墨登場　竄改遺命的審配

袁營裡的參謀，與逢紀極力擁護袁尚，視「反對黨」郭圖、辛評爲敵，不把大公子袁譚看在眼裡。他也看同僚許攸不順眼，藉著其子侄犯了貪汙罪，將他的妻兒統統關入大牢，以致氣走了許攸，也間接毀了袁紹稱霸的機會。依史實記載，袁紹死後，審配擔心袁譚成爲世子，遂竄改遺命，立袁尚爲繼承人。後來，兵敗不肯投降，被曹將徐晃斬死。

噓，我竄改遺命的事別寫出來嘛！

語文學堂

- 榻：音ㄊㄚˋ，狹長而較矮的床。
- 虛空：即空虛，內心感到不充實。
- 一命嗚呼：指死亡，含詼諧意味。嗚呼：古時候祭文中常用的嘆詞，後指死亡。

三國故事開麥拉

曹操彷彿變身成無敵超人，頻頻獲勝。他獲知大耳仔劉備敗逃，投奔劉表，冷冷地嗆道：「照樣打到你無地可鑽！」然而參謀程昱建議先息兵，等明年春暖花開再攻打袁紹。曹操依計進行。

第二年元月，曹操再三沙盤推演軍情後親率大軍，氣勢威猛地來到官渡屯兵。袁營的探子急報，表示曹軍已駐守官渡。「好啊！你想討打，我就如了你的心願。」袁紹命手下急調袁譚、袁熙、大將高幹與袁尚四路破曹。

袁尚想搶功，獨自率領數萬兵馬出城，卻被打得落花流水，逃回冀州。袁紹見大勢已去，一時痛心下口吐大量鮮血。劉夫人急問：「可以立袁尚爲世子嗎？」袁紹點點頭。參謀審配忙記下遺命。接著，袁紹大叫一聲，吐血而死了。

紹弟，我搞這些噱頭，夠拉風吧！
操，你來陪我卡熱鬧啦！
關東主袁紹一路好走

穿越時空

看古人氣派的陪葬品

中國人相當重視出生、結婚、死亡三件大事，其中以「死亡」的儀式最爲慎重、繁瑣。人們相信靈魂不滅，所以大費周章地蓋墓室，將死者生前在食衣住行需要的東西都準備好。

東漢時期的墓室中即出現水井、屋宇、灶、馬車、牛、豬、雞等等陶製的模型陪葬品，皇親貴族等級的還會陪葬城堡。到了宋期，發明了紙張，人們運用紙來紮各種陪葬品，例如：樓房、元寶、婢女、家丁……他們把這些紙紮品火化，相信往生的先人在另一個空間可以享用。

這種紙紮陪葬品一直沿用到現今，隨著科技進步，時下流行燒3C產品，像平板電腦、智慧型手機都相當搶手。

阿爸迷上跑馬拉松，快燒一雙名牌球鞋給我啦！還有，多燒幾張信用卡、美金、人民幣，阿爸出去環遊世界才方便。

三國笑史

9

袁家不爭氣的狗崽子

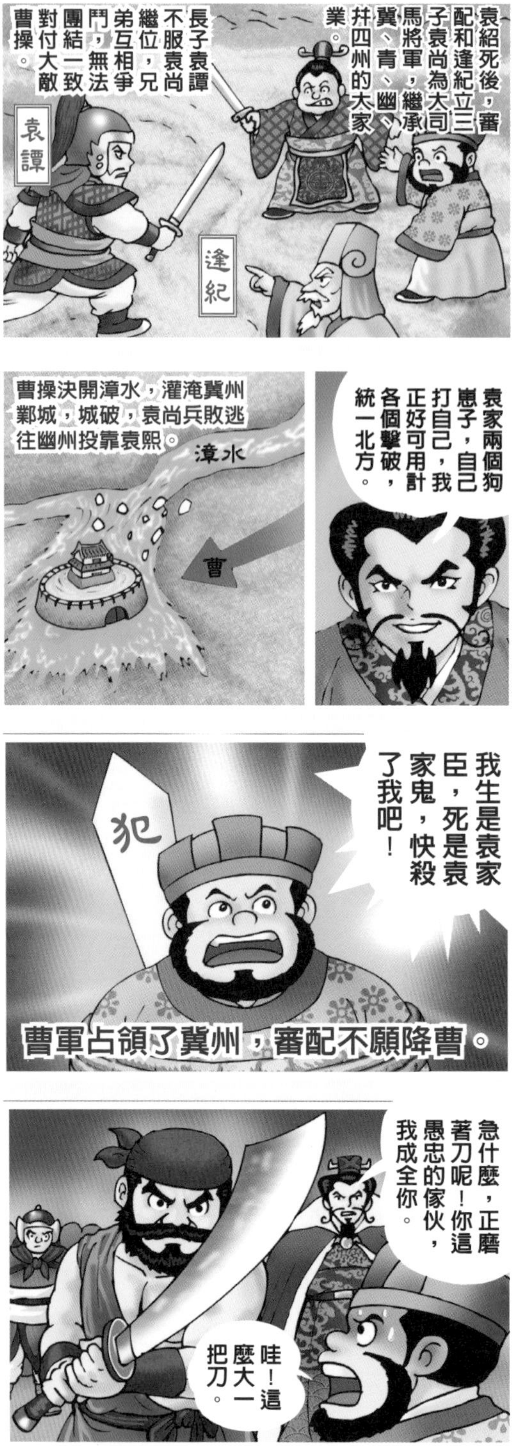
袁紹死後，審配和逢紀立三子袁尚為大司馬將軍，繼承冀、青、幽、并四州的大家業。
長子袁譚不服，袁尚繼位，兄弟互相爭鬥，無法團結一致對付大敵曹操。
袁譚
逢紀
袁家兩個狗崽子，自己打自己，我正好可用計各個擊破，統一北方。
曹操決開漳水，灌淹冀州鄴城，城破，袁尚兵敗逃往幽州投靠袁熙。
漳水
曹
我生是袁家臣，死是袁家鬼，快殺了我吧！
犯
曹軍占領了冀州，審配不願降曹。
急什麼，正磨著刀呢！你這愚忠的傢伙，我成全你。
哇！這麼大一把刀。

粉墨登場　遜咖的逢紀

袁紹的謀士之一，論武力、統率力、人緣都很糟糕。官渡之戰時，他與謀士田豐作對，戰敗後，為了個人私利，向袁紹造謠，捏造田豐在背後吐槽袁公，耳根軟的袁紹氣得殺了田豐。袁紹死後，逢紀迫於無奈來到袁譚軍營，袁譚兵敗後，逼迫逢紀寫信向袁尚討救兵，但審配攔阻袁尚發兵。消息傳來，袁譚氣得處死逢紀。

語文學堂

- 狗崽子：幼小的狗，多用作罵人的話。
- 決：動詞。掘堤放水、沖破堤岸。

唉！袁家三個少爺內訌，幹麼把我拖下水嘛！

三國故事開麥拉

袁紹一死，「兄弟鬩牆」的戲碼緊鑼密鼓地開演了，謀士審配、逢紀力拱三少爺袁尚當家，郭圖、辛評爲大少爺袁譚效命，還出主意討來逢紀當謀士。

袁譚急著想除掉曹操，卻輸得慘兮兮。無奈之下向袁尚討救兵，卻僅得五千兵馬，出戰途中被曹將截殺。「都是你這個掃把星帶衰！」袁譚痛飆逢紀，逼他寫信給袁尚發救兵。然而，審配力勸袁尚別答應。

曹操早料準這三個兔崽子不是自個兒的對手，他先玩「聯姻政策」，把女兒嫁給袁譚。袁譚暗地裡想策反，卻不知被曹操識破，將他列入「必殺名單」。

這場「宰袁家兔崽子」大戰，曹操先從最年幼的下手，袁尚大敗逃往山中。審配被曹將徐晃活捉，因不投降而被斬首。

曹大叔，動兵動刀我沒你行，咱們來飆戲，比誰有「戲」胞？
好啊！看你想演「傻瓜袁家三少爺」或「兔崽子袁尚逃命記」？叔叔都樂意奉陪。
哼！我擅長演「殺操記」。

穿越時空

兄弟鬩牆爭帝位，拚下去！

中國歷史上手足之間爲了爭帝位，打得你死我活的履見不鮮。依史料來看西周的齊國公子小白鬥垮哥哥公子糾，稱得上是「兄弟鬩牆」開創者。

「兄弟鬩牆」一詞源自《詩經》，意思是親兄弟在家裡吵吵鬧鬧，對外要團結一致。本義不算負面，但隨著時間演變，成了家族悲劇。

約二千多年前，西周的諸侯齊襄公荒淫無道，他的兩個弟弟怕被波及，紛紛帶著心腹逃亡，其中公子糾在管仲、召忽等人保護下奔往魯國；公子小白（即史上齊桓公）則與鮑叔牙等人逃到莒國。

等齊襄公被暗殺後，齊國無君，二兄弟經過一番使詐惡鬥，公子小白順利奔回齊國即位。接著，他派人殺了親哥哥公子糾，爲了政權完全不顧手足之情。

ㄏㄡ！這場逃難記哪天才會結束？老鮑，幫我想法子找間民宿，洗個熱水澡。
公子，這方圓五百里僅有墓仔埔，歹勢啦！

三國笑史

10 大美人甄宓成了戰利品

曹軍占領冀州鄴城時，曹丕趁亂帶領隨從直闖袁紹宅院，想搜刮戰利品。袁府中有個美豔婦人，讓曹丕一見驚為天人。
曹丕
甄宓

此美女是何人？
此女是次男袁熙之妻，甄氏。
曹丕大喜，打定主意要納甄氏為妻。

曹操隨後趕到，見已經有人捷足先登亂入袁府，勃然大怒。
是誰違抗我的命令進入袁宅？
是丕公子。

曹丕帶甄氏到曹操面前請罪。
甄宓
臭小子，搶先老子一步奪走了美人。

粉墨登場　三國大美人甄宓

生於東漢靈帝，是官宦人家的女兒，父親甄逸曾任職縣令。甄宓長大後嫁給袁紹的二子袁熙，官渡之戰，袁軍失利，曹丕趁機搶走了甄宓，生下曹叡。後來，曹丕稱帝，即魏文帝，甄宓的身分更加高貴。過了幾年，她因爲遭受寵的貴嬪郭王女陷害，被曹丕賜死。等曹叡繼位，爲魏明帝，才追尊母親甄宓爲文昭皇后。

我是大美人又貴爲皇后，不方便接受採訪，送各位宣傳照一張好了。

語文學堂

- 鄴：音ㄧㄝˋ。古地名，在今河北省臨漳縣西南至河南省安陽縣一帶。
- 搜刮：用各種方法掠奪人民的財物。
- 天人：仙人、神仙。
- 捷足先登：比喻行動敏捷，先達到目的。

三國故事開麥拉

曹操經過半年艱難圍攻，才擊退袁尚，加上參謀審配的侄子審榮窩裡反，大開城門投降，曹操才率領兵馬威風八面地進入鄴城，插上曹字大旗，並下令沒有他的命令，誰也不准進入袁府。

長子曹丕才不管，硬闖進袁紹家裡。他來到後面的堂屋，見到兩名女子抱頭痛哭，本來拔劍要殺死，其中一名年紀較大的女子抬起頭求饒，說：「我是袁將軍的夫人劉氏，她是次子袁熙的老婆甄氏。」

曹丕當場被甄氏「電」到，溫和地表示會保護他們，不要害怕。

等曹操趕到，劉氏表明曹丕保護她們，願意把甄氏嫁給他。曹操雖然不甘心，但與兒子爭老婆，傳出去難聽，只好答應了。

Dear宓，嫁給我吧！我保證以後會當皇帝。
想不到我愈嫁愈旺，好有行情。
不甘心，被那小子得了便宜。

穿越時空

美麗人妻甄宓

據說甄宓的母親張氏臨盆時，夢見有位仙人慈祥地拿件玉衣蓋在她的肚子上。說也奇怪，玉衣一蓋上，甄宓就出生了。

甄宓三歲那年，父親死了，她和兄弟姊妹八人隨著母親回到老家生活。有一年，來了一個相士叫劉良，為甄家八個小孩看相。劉良仔細推算孩子們的命盤，斷言小女兒甄宓將來貴不可言，絕不是凡夫俗女。

甄宓從小很安靜，不吵鬧。有一天，門外來了個賣雜耍的藝人，耍著各種把戲，把甄家孩子逗得好樂，唯有甄宓安安靜靜地待在房間，並表示女孩子不應該看這種雜耍。由此可知，甄宓天生是氣質美女。

美麗的甄宓長大後真的貴不可言，夫婿、兒子都是帝王。

哇咧！小姑娘骨相千年難得一見，注定當皇后。
人家要當白雪公主，不要當壞皇后啦！
相士來甄家看相，三子五女圍成一團。

三國笑史

11 謀士郭嘉鬼魂搞笑版

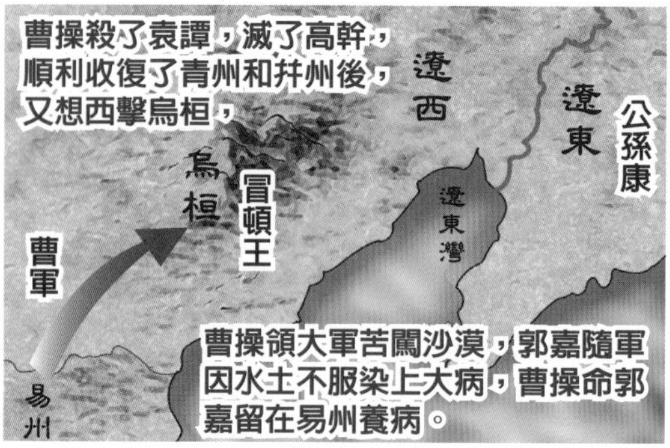

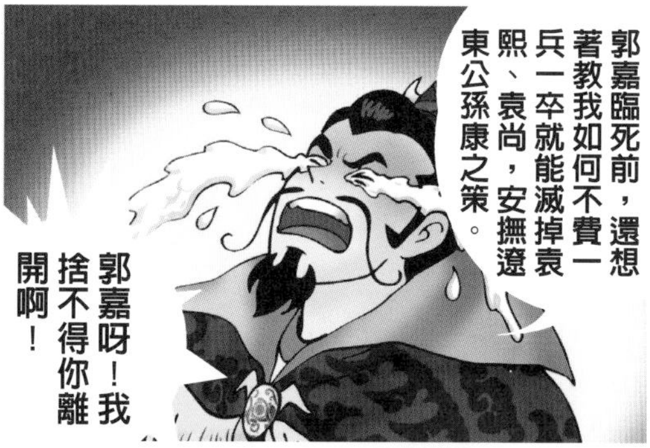

粉墨登場　曹營首席謀士郭嘉

謀略深具遠見，很受曹操信任。當年劉備落魄投靠曹營時，其他謀士主張殺了劉備，唯有郭嘉認爲時機未成熟，不能處死劉備，以免失去民心。這個建議成功地爲曹操建立良好形象。官渡之戰曹軍大勝，郭嘉占了不少功勞，可惜在攻打袁尚的征途中，因過度勞累病死，曹操頓失得力的助手。

別爲我哭泣！我從未離開你，我將在黃泉那一頭等你……

語文學堂

- 烏桓：古時北方少數民族名。
- 冒頓：音ㄇㄛˋ ㄉㄨˊ。漢初匈奴族一個單（ㄔㄢˊ）于的名字。曾在白登山圍攻漢高祖，迫他遣送公主到北方和親。

三國故事開麥拉

曹操愈打愈猛，殺死袁譚後，又舉兵攻打袁尚、袁熙。曹操領著兵馬進城，遇袁熙的人馬來到，誰知這是一場搞笑戲，兩軍還沒有叫囂，袁將就舉白旗投降。接著，黑山賊頭子也領軍十萬主動投降。

曹操趁勢猛攻，袁尚、袁熙跑到遼西烏桓避風頭。謀士郭嘉建議應趁勝攻打烏桓，除掉袁尚、袁熙。

於是，曹軍頂著烈陽穿越沙漠，郭嘉因水土不服病倒，無法陪同，建議改採裝備輕便的軍隊突擊。「先生，你就留在易州好好養病。」曹操吩咐郭嘉放寬心，自個兒率著輕騎兵披星戴月地前進，經過一番苦戰大獲全勝。

曹操回到易州，才知道郭嘉已經撒手歸天，傷心地哭拜：「是天亡我呀！」

小嘉，我還沒完成大業，你怎麼忍心拋下我？
拜託，誰給我打把傘，我快被口水淹沒了！

穿越時空

一封料事如神的遺書

千年前，曹操的兵馬從冒頓回易州時，首席謀士郭嘉留了一封遺書，內容寫道：「有人會自動送來袁熙、袁尚的人頭。」曹操看完後如吃了安心丸。

當年，大將張遼建議直搗遼東，殺袁家那二個流亡公子。曹操卻一派輕鬆地表示，過陣子遼東太守會送來二位袁公子的人頭。

眞的還假的？我們把時間推回千年前，看到袁熙、袁尚投靠遼東，太守公孫季康怕這二人會鳩占鵲巢，也不敢得罪曹操，乾脆做個順水人情，宰了二袁，獻上人頭。

郭嘉不是神，看不見未來的事，然而他具有「福爾摩斯」、「柯南」、「金田一少年」從蛛絲馬跡中推斷事情發展的本領，所以敢斷言未來。

首席謀士留犀利遺書
料準袁家公子頭落地

我眉頭一皺，就知道袁家少爺腦袋瓜不保。

三國笑史

12 劉表的家庭起風波

劉備駐軍在新野城，平靜無戰事，甘夫人順利生下兒子劉禪，乳名阿斗。
劉備奔戰半生，難得能過上幾年如此舒心平靜的日子。
這夜，劉表約劉備到襄陽府中共酌，酒喝著喝著，劉表突然傷心地哭了起來。
老哥哥，為何傷心流淚？
家門不幸，
繼室蔡氏與其弟蔡瑁要我廢長子劉琦，立幼子劉琮為繼承人。
蔡氏對前妻所生的劉琦懷有歹念，我怕死後家門生變啊！
廢長立幼萬萬不可，老哥哥可以慢慢削弱蔡家的兵權，以絕亂源。
蔡夫人
大耳仔居然敢干涉立儲之事，
非殺了他不可！
你說的話，我們都聽見了。
這破房子的隔音太差了，我要叫室內設計師來重新裝修。

粉墨登場　爲繼承人苦惱的劉表

西漢魯國恭王的後代。他趁著曹操和袁紹爭地盤時，壯大兵力。劉表娶了二個老婆，生長子劉琦、次子劉琮，二老婆蔡氏心機深，想盡法子要讓親生兒子劉琮當上繼承人。雖然劉表死後交代由劉琦即位，然而在蔡氏和蔡瑁耍陰謀下，由次子任繼承人，後來投降曹操。劉表一生征戰，建立地盤，死後全毀在次子手裡。

語文學堂

- 乳名：小時候起的非正式的名字。也叫小名、奶名。
- 酌：飲酒。
- 儲：已經確定繼承皇位或王位的人。

唉！家醜不外揚，大夥別提了。

三國故事開麥拉

袁紹父子全「掛」了後，曹操的除敵名單輪到劉表。他吩咐曹丕、曹植留在鄴郡監督銅雀臺的工程，自個兒回到許都，演練兵馬，準備南下攻伐劉表。

在荊州建立地盤的劉表當然不是「小咖」，他在劉備協助下，平定亂賊，將來想爭霸大有機會。可是劉表心中有個痛，他一直爲立儲這件事苦惱，想立長子劉琦，可是二老婆蔡氏偏愛自己生的劉琮，對劉琦不友善。

「手心、手背都是肉，要立誰才好呢？」劉表擔心將來死了，兵權落在蔡氏和妻舅蔡瑁手裡，劉琦會性命不保。

「自古以來廢長立幼將會導致混亂，主公不如慢慢地削弱蔡氏軍權。」劉備熱心地提出建議，卻不知這番話爲自己埋下殺機。

老劉，怎麼府裡的dancer看起來很「臭老」，肚子上的肥肉好幾層耶！
大耳仔，嫌我老又笑我肥，你完蛋了！

穿越時空

從「的盧」看劉表這個人

「的盧」是啥玩意兒？不是吃的也不是玩的，而是健壯的千里馬。

當年叛將陳孫、張武造反，套句現代話，這些人搞「恐怖行動」，製造社會不安。劉備率領三萬人馬討伐，勇猛的趙雲殺了張武，搶來肥馬凱旋而歸。

劉表見到那匹好馬，誇了幾句，劉備反應快，趕忙送給他。劉表的參謀蒯（ㄎㄨㄞˇ）越精通相馬術，表示這匹馬叫「的盧」，專剋主人，之前牠的主人張武騎了後戰死，誰騎牠誰倒楣。耳根軟的劉表便派人送還。

從還「的盧」這件事，可知劉表不是爭霸的料子，盡信些命理、相剋的無稽八卦，加上遲遲沒有努力解決立儲的紛爭，只會在喝酒時難過地掉淚，難怪死後二老婆發威，發動政變。

劉表夢見自個兒騎了「的盧」後，接連發生不可思議的意外！

大耳仔，救命～～～
睡覺時被打呼的老婆踢下床。
被「的盧」臭臭的口水噴了滿臉。
在森林騎「的盧」時，與另一匹急奔的馬撞上，發生「馬禍」。

三國笑史

13 蔡瑁來陰的，好賊！

蔡氏和蔡瑁密謀要殺害劉備。
蔡瑁
姊姊放心，我領兵去劉備休息的館舍，二話不說直接殺了他！
好！要幹得乾淨俐落。
幸好，劉表的謀士伊籍偷聽到奸計，搶先一步向劉備通風報信，劉備連忙策馬逃回新野，蔡瑁撲了個空。
可惡！劉備雖然跑了，我還是有辦法陷害他。
劉表被蔡瑁拉到館舍。
熬拚幾年沒發展，苦苦守著破院房。老子豈是小奴才？給個機會也稱王！
姊夫，劉備在牆上寫反詩想背叛你！
這破詩，怎麼像你小學沒畢業的文筆呢？
還真被說中了。

粉墨登場　辯才一流的伊籍

為人文雅大方，與劉表都是兗州山陽人，曾為其效命。劉備逃難來投靠劉表時，伊籍常去找他閒談，表示將來有機會願意效勞。後來伊籍成為蜀漢官員，出使東吳，孫權耳聞他口才佳，故意嘲笑地問：「為無道的君王辦事，很累吧？」伊籍知道孫權嘲笑劉備，便淡定地反擊：「拜一下就起來，並不累。」暗指孫權才是沒有人道的庸君。

我因二次救了劉皇叔，在《三國演義》裡占了些版面，請多指教。

語文學堂

- 館舍：泛指房屋。
- 乾淨俐落：形容做事敏捷果斷，不留下蛛絲馬跡。
- 策馬：騎馬行走。

三國故事開麥拉

蔡夫人是個女漢子，幹起事來膽大乾脆。這天晚上她密召兄長蔡瑁，「先殺了劉備，不能因他而壞了立繼承人的計畫。事後你再稟報劉表，就算他不滿也沒轍。」「這大耳仔有夠惹人嫌。」蔡瑁恨得牙癢癢。

這樁事無意中走漏了消息，被劉備的好友伊籍知道了。「糟糕！劉皇叔有危險了。」伊籍趕去館舍通風報信。此時劉備正準備上床睡覺，獲知蔡瑁的殺人計畫，急忙叫起僕人，備好快馬，摸黑逃回新野。

蔡瑁趕到發現人溜了，便心生一計，在牆上寫反叛詩，栽贓給劉備。耳根軟的劉表本來相信，但突然想到從來沒見過劉備寫詩，猜是蔡瑁使的離間計，當下用劍尖刮掉詩，不准蔡瑁去新野擒拿劉備。

大耳仔在牆上塗鴉，好沒品！
這仕女圖畫得挺好，將來應該有增值的機會。

穿越時空

「太子」這條路，險啊！

古時候皇帝最大，皇帝即位前是太子，依古法立儲這件事除非長子死了，否則那些同父同母、同父不同母的弟弟們別想沾上邊。

然而，從皇后懷了龍子起，太子的成長路就充滿危機。太子在娘胎裡也不安全，萬一爭寵的妃子們買通人下毒，害皇后流產，太子就沒命了；出生後更擔心被後宮的妃子、大臣等害死，連呼吸都怕空氣裡瀰漫毒氣。等長成少年郎，又可能被壞太監設下美人計，因縱慾而一命嗚呼。

電影〈投名狀〉：「我一生如履薄冰，你說我能走到對岸嗎？」倒挺適合形容太子艱險的成長路。想擠上立儲首席之位，如果不能搶先投胎成爲太子，就要有唐太宗李世民的逆襲力，不然恐怕成了刀下魂、藥下鬼。

想當太子一點也不難，我開班授課，保證登王位，落榜者學費全額退。
你這個兔崽子，搞個「玄武門之變」，氣死朕了！
搶當太子集訓班
秘密報名不曝光

三國笑史

14 劉備逃命戲，開拍！

上回蔡瑁沒得手，接著又設下毒計要殺劉備，這次要趁劉備代替劉表主持宴請荊州各地官員的大會時下手。
劉皇叔快逃！蔡瑁又要來殺你了。
伊籍
劉備藉尿遁，騎馬衝出西門而逃，蔡瑁領五百士兵在後追趕。
大耳仔，納命來！
劉備情急之下，縱馬越過寬闊的檀溪，眾人看了傻眼，隔溪看著劉備騎馬揚長而去。
檀溪
這麼遠都能跳過去？
這劇情也太扯了吧！
有如神助唄！

粉墨登場　遜咖的武將蔡瑁（ㄇㄠˋ）

劉表續弦妻子的弟弟，野心大但才智很普通，當年被孫堅打敗，因是劉表的妻舅才沒有被斬首。他與蔡氏搞奪權政變，捏造劉表的遺囑，讓親外甥劉琮順利成爲繼承人，之後又指示劉琮向曹操投降。蔡瑁效命曹軍，當上拉風的水軍都督，本以爲從此一帆風順，卻誤上周瑜的詭計，害得曹操損兵折將又丟盡了臉，被當作內奸處死。

偷偷爆個料，其實劉琮是我侄女的老公。
我也沒有被曹操斬首，那個羅貫中爲了炒熱劇情瞎掰啦！

語文學堂

- 得手：做事順利，獲得成功。
- 揚長：大模大樣地離開的樣子。
- 唄：音ㄅㄟˋ，表示事實或道理顯明的語氣。

三國故事開麥拉

「哼，我不相信劉備是九命怪貓！」蔡夫人要蔡瑁在襄陽大會百官，藉機殺掉大耳仔。蔡瑁請劉表主持，但劉表因氣喘病發作，改由兒子代爲主持，爲避免年輕人不熟稔宴會禮節，當眾失態，便央請劉備當陪客。

劉備硬著頭皮赴宴。隔天，蔡瑁在城門東、南、北安排人馬，自個兒等宴會結束就守西門，「這回料你插翅也難飛。」蔡瑁笑得好賊。

宴會進行時，伊籍向劉備使了眼色，劉備藉口要去毛廁，騎著「的盧」從西門溜走。蔡瑁獲門吏通報，率領五百人馬追捕。

劉備來到檀溪，急急趕馬下水，無奈馬蹄下陷，行走困難，就在劉備大喊「的盧」剋主人時，馬兒飛身跳躍溪流，劉備逃之夭夭。

穿越時空

馬兒馬兒我愛你

《三國演義》裡千里馬「的盧」載著劉備躍過檀溪，逃過追殺，這段膾炙人口的故事叫「躍馬檀溪」。被冠上剋主人惡名的馬兒，終於揚眉吐氣。

自古以來，能躋身歷史故事的良駒不多，多是畫馬的高手才能烙印人心，像清朝的朗世寧、中國現代大畫家徐悲鴻。歷史上以「虐心」劇情賺人熱淚的多情馬，首推戰國時期西楚霸王項羽的愛駒「烏騅（ㄓㄨㄟ）」，當項羽自刎前將牠送給烏江亭長，「烏騅」不捨舊主人，心碎下絕食而死。

到了東漢末年，陪伴關羽過五關斬六將的「赤兔馬」也擁有龐大粉絲，這匹馬兒歷經董卓、呂布、曹操、關羽、馬忠五位主人，關羽死後，牠也絕食而亡。

至於陪劉備逃命的「的盧」，屬於爆冷門的「黑馬」，縱身一躍下成為巨星。

三國笑史

15 水鏡莊奇遇

劉備驚險逃過蔡瑁追殺，在奔逃路上巧入一座名為水鏡莊的莊院。
水鏡莊
窮鄉僻壤之地，居然有這麼高級的民宿。
歡迎光臨！
先生要過夜嗎？
滾一邊去！有眼無珠，不識劉皇叔。
登記
老夫想向你推荐兩個人才，一是臥龍，二是鳳雛。
皇叔若能得到這兩人，保證幸福又美滿。
鳳雛
臥龍
本公司為你們搭起友誼的橋樑，這些是他們的個人資料，請付介紹費六千元。
水鏡先生
司馬徽
聽起來怎麼像婚姻介紹所啊？
混口飯吃，其實是仲介人力銀行啦！
人力資源名冊

粉墨登場　水鏡先生司馬徽

東漢末年隱居在深山裡的高人，儀態清秀文雅，好友龐德公稱他「水鏡先生」，後人則稱「好好先生」。司馬徽精通經學，相人的眼光一流，與名士龐德公、徐庶、龐統、孔明等很麻吉。他救過逃難的劉皇叔，並為他推荐人才。司馬徽雖有軍事長才，卻苦無發展的機會，約活了三十五歲就病死了。

我如果去當算命先生，鐵定火紅，通告滿檔。
鐵口直斷

語文學堂

- 窮鄉僻壤：荒涼偏僻的地方。
- 有眼無珠：比喻沒有識別能力，看錯人或誤判。

劉備從死亡之宴逃了出來，沒命地奔馳，到了日落時分，遇見小牧童騎著牛，吹著短笛迎面而來。小牧童問：「請問是將軍劉玄德嗎？」

「小兄弟怎麼知道我的字？」劉備好奇地反問。「我師父水鏡先生經常提到您的相貌啊！」劉備判斷小牧童的師父是高人，便請引見。

二人來到外觀清幽的莊院，水鏡先生走了出來，一開口就說：「你今天倖免大難。」劉備好驚訝，沮喪地提起了馬躍檀溪之事。水鏡先生熱心地推薦奇葩人才，一是伏龍，二是鳳雛。劉備問對方是什麼人，卻得不到答案，水鏡先生大打「太極拳」，僅一直說：「好！好！」

第二天，劉備極力邀請水鏡先生下山，卻被拒絕了。

我介紹潮男伏龍、型男鳳雛給你認識。
沒聽過的小咖，該不會是跑龍套的吧？

穿越時空

古代奇葩摩登男

說起古代奇葩摩登男，首席紅牌是戰國時期楚國的貴族屈原，愛用荷葉來做上衣，用荷花做成衣裙。這位「時尚教主」愛戴誇張高聳的禮帽，佩帶叮噹的綴飾，穿著花香嗆鼻的華服。

歷史的長河繼續流淌，來到魏晉南北朝，這時期出現七位更奇葩的摩登男，史稱「竹林七賢」，分別爲：嵇康、阮籍、劉伶、王戎、山濤、向秀、阮咸。這幾位愛穿寬大輕薄的長衫，敞開胸膛耍酷，有的人愛作光腳丫、披散長髮，活似「魔神仔」的打扮；也有人賣萌梳著像牛角的丫角髻；有的頭上包著布巾；其中以劉伶最前衛，喝醉酒就脫光衣服，也不怕你看！

古代的奇葩摩登男就算走在時尚之都巴黎，也渾身散發「潮味」！

奇葩摩登男秀上場，歡迎潮男粉絲打卡！

16 這個單福軍師，讚！

嫌介紹費太貴，我介紹便宜的軍師給你。
徐庶
好吧！就先試用三個月。
本山人名叫單福。
曹操欲取荊州，命曹仁、李典、呂曠、呂翔，領兵三萬屯兵在樊城等候時機出戰。曹仁貪功，不顧李典反對，執意派呂曠和呂翔前往攻擊劉備。
曹仁
命你二人領五千兵馬前往新野活捉劉備，奪取征南戰役的頭功。
遵命！
呂曠
呂翔
徐庶果然是個不凡人才，制敵機先，事前早有準備，已妥善部署好抗敵的兵力，雙呂領兵未到新野城，就在半路上被劉軍諸將殺得潰不成軍，大敗而回。
殺！
殺！
單福軍師好有本事！
見到我的真本事了，咱們來談談加薪吧！
員工果然誇不得。

粉墨登場　孝子軍師徐庶

史上記載本名叫徐福，貧寒人家的子弟。長大後成了水鏡先生司馬徽的得意門生，經由老師引荐，效命劉備擔任參謀。因他奇絕的判斷力，大破曹軍的「八門金鎖陣」。曹操想招攬徐庶，便挾持徐母，逼他來效命。徐庶很孝順，爲了母親的安危只好離開劉備。《三國演義》裡說他化名單（音ㄕㄢˋ）福，史實上根本沒有這回事。

羅貫中，我「本單家子」的意思是我出身寒門，不是姓單啦！

語文學堂

- 山人：居住在山區的人。也指隱士。
- 制敵機先：適時地以手段制服敵方。
- 潰不成軍：軍隊被打得七零八落，形容大敗。潰：音ㄎㄨㄟˋ，敗逃。

三國故事開麥拉

「水鏡先生，請您再考慮好不好？」劉備再三央求。

「請劉皇叔死心吧！」二人正說著，趙雲領著兵馬找來，劉備只好回新野。

他料想劉表對「死亡之宴」並不知情，便寫封信派幕僚孫乾送到荊州，劉表氣得要斬劉瑁，因蔡夫人求情才作罷。劉表自覺愧疚，讓長子去賠罪。劉琦一到新野，哭訴繼母想害他，劉備不好插手別人的家務事，僅勸他對蔡夫人要盡孝道。

第二天，劉備送別了劉琦回城，見一人唱著歌迎面走來，懷疑是伏龍、鳳雛，忙下馬邀請對方到府暢談。那人卻自我介紹：「我叫單福，聽說您在招攬賢才，想出以唱歌的方式來打動您的心。」

劉備恭敬地迎單福回府，待他爲上賓，拜爲軍師。

劉皇叔，你在我的歌聲裡，一輩子難忘記……
天呀！我眞的要用這個人當軍師嗎？

穿越時空

徐庶進曹營——一言不發

「徐庶進曹營——一言不發」，是一句富歷史典故的歇後語。徐庶在《三國演義》裡被形塑成完美的參謀，劉備敬重他，梟雄曹操也對他愛不釋手。

對曹操而言，想達到目的就得積極行動，他耍了奧步，逼得徐庶不得不離開「正義代表」的劉皇叔。

二人離別當天，劉備親自送行，感性的徐庶說了一句掏心挖肺的話，表示自己雖在曹營，但絕不爲白臉曹貢獻計策，心永遠留在新野。這番話衍生了「徐庶進曹營——一言不發」歇後語，形容人沉默以對。

愛哭的劉備送走穿越密林的徐庶，爲了多看他一眼，急命人砍掉遮住視線的樹枝。二人這段送別戲，不知賺了多少三國粉絲的熱淚。

主公，人家要走了，眞的要走了。
喂，別繞來繞去，你以爲玩躲貓貓？

三國笑史

17 軍師的阿母被騙走了

曹軍大敗，曹仁不甘心，傾樊城兩萬五千軍奔殺新野城，在城外擺設「八門金鎖陣」大顯軍威。
哈哈哈，我擺這陣法千變萬化，無人可破。
他大話剛說完，徐庶就派趙子龍飛馬衝入陣心，一舉大破「八門金鎖陣」，曹軍陣腳大亂，曹仁無法指揮，劉備軍趁機傾城而出，衝入曹軍陣中搏殺，獲得全面大勝。
曹仁狼狽敗回許都，向曹操回報軍情。
這化名單福的徐庶是個奇才，我要奪來帳下效命。
大胃王比賽
於是，曹操軟禁了徐庶的母親，寫信給徐庶要他跳槽到曹營。
可惡的曹操，竟然如此折磨我的母親。

粉墨登場　曹家將之一的曹仁

與曹操爲堂兄弟，當曹操暗殺董卓失敗，逃回老家陳留縣，招募作戰部隊時，曹仁熱血響應，多年來跟著堂兄打天下。曹仁的武藝高強，曾巧設「八門金鎖陣」攻打劉備，卻被軍師徐庶破解。他奉命守樊城時，被關羽攻進，一路追殺，狼狽地敗逃。曹仁雖有敗戰紀錄卻不失英勇，往後頗受堂侄魏文帝曹丕重用。

想不到徐庶破解了我苦心擺設的「八門金鎖陣」，好氣！

語文學堂

- 傾：倒出所有的東西、使出全部的力氣或兵力。
- 陣腳大亂：比喻秩序大亂。陣腳：本指所擺的兵陣的最前列，後比喻整個隊伍。
- 帳下：營帳內。

三國故事開麥拉

劉備積極地招攬人才，想壯大勢力；曹操也摩拳擦掌，派大將率領兵馬奔殺新野。不料，全軍潰逃，搞得灰頭土臉。

「哼，非報仇不可！」大將曹仁自恃懂兵法，擺設了「八門金鎖陣」，打算坑殺劉備等人。「當敵人沒有倒下時，誰也不是贏家！」曹仁忘了這句至理名言。劉備的幕僚徐庶精熟陣法，他指點劉備如何破解，打得曹軍逃之夭夭。

曹操想獲得徐庶這塊寶，參謀程昱獻計騙來徐母，接著每回去探望老人家時都帶禮物，還寫些問候話。徐母不疑有他，也回信答謝。程昱拿到信件，就模仿她的筆跡寫了一封信給徐庶。

孝子徐庶獲知寡母被軟禁，不由得心急如焚，哭得像個淚人兒。

穿越時空

紅牌幕僚也有年少輕狂時

徐庶——這個被劉備重度欣賞也被梟雄曹操青睞的人，其實年少時屬火爆浪子，愛擊劍愛爲人打抱不平，用蠻力比動腦漿多。

他本來叫單（音ㄕㄢˋ）福，因挺身爲人報仇，惹了一身腥，爲了避風頭，用白土抹臉，披頭散髮，趁著官兵還未追到時，一溜煙逃走。

不料，半路上被官兵逮捕，官兵惡狠狠地逼問他叫什麼名字，徐庶很有膽識，一句話也不回答。官兵很火大，把他綁在柱子上，威脅再不老實講，就當眾肢解處死。圍觀的群眾沒有人敢說認得他，就在千鈞一髮之際，被同夥的友人救走。

徐庶逃過死劫後，發憤地求學苦讀，習得兵法等本領。因避難結識了水鏡先生司馬徽、諸葛亮等名士，從此改寫了人生。

歡迎名軍師徐庶
蒞臨本校
演講專題：
擅用兵法逆轉勝！
請問喜歡玩手遊、桌遊，算不算懂兵法？
這位同學，你來鬧的嗎？

三國笑史

18 劉備送徐庶溫泉泡湯篇

我本名叫徐庶，原想盡力效忠皇叔，怎奈母親被曹操捉走，
我只有向您請辭，前往許都救母。
真是位孝子，我答應你。
劉備送徐庶騎馬出城。
你和我緣分淺薄，無法一起共創大業，
先生離開後，我就要遁入山林了。
劉皇叔真是重情之人，
為了我竟然想出家當和尚，人家好害羞喔！
害羞個大頭鬼，
送你走後，我要帶兄弟們去山裡的溫泉泡湯。
給上班族的話：
在老闆心中，其實，你沒有自己想的那麼重要。

粉墨登場　大罵曹操的徐母

年輕喪夫後便與獨子徐庶相依爲命。沒沒無名的徐母，因羅貫中巧筆爲她量身打造，安排一段「徐母罵曹」高潮戲而大紅。故事裡，她被騙至曹營，曹操叫他寫信給徐庶，勸兒子歸降，這位大媽發起飆，狠罵白臉曹是漢賊，寧死也不給兒子寫信。罵完，還拿起硯臺打曹操。接下來劇情更虐心，徐母因兒子上當爲曹操效命，羞愧得上吊自殺。

語文學堂

- 大業：此指偉大的事業。
- 遁：音ㄉㄨㄣˋ，隱匿。

「娘，兒子不孝，害得您老人家受苦。」徐庶一想到母親被軟禁，心如刀割，吃不下飯，睡不著覺。「爲了母親的安危，只能這樣做了。」徐庶下了決心，向劉備表示爲了救母親，一定要前往許都。

幕僚孫乾建議劉備只要不放走徐庶，曹操一定下令殺死徐母，徐庶爲了替母親報仇，將想出更多破曹的好計謀。

「怎麼能拿別人的母親當賭注！」劉備命屬下準備送行酒宴，席上二人都沒有胃口，淚眼相對，坐到天亮。

徐庶臨走時發誓，說「我到了曹營，無論曹操怎麼逼我，這輩子絕對不爲他出一條主意。」這番深情的誓言，說得劉備更肝腸寸斷了。

小庶，今天一別恐無相聚機會，讓我表演拿手好戲爲你送行。
眞的是「無言的結局」！

穿越時空

二大軍師小PK

徐庶和諸葛亮都屬「劉皇叔集團」的軍師，論資歷徐庶是學長、前輩，諸葛亮是學弟、菜鳥軍師，在羅貫中筆下，二人的際遇大不同唷！

	徐庶 	諸葛亮 
經歷	年少時是幫派的小混混，曾經被官兵追殺	青年時與家人隱居於南陽郡，邊種田邊讀書，自號臥龍先生
恩師	水鏡先生司馬徽	水鏡先生司馬徽
戰績	1.大破八門金鎖陣 2.識破軍師龐統的連環計	1.在七星壇作法借東風，助東吳周瑜 2.草船借箭，騙走曹軍十萬枝箭 3.巧施空城計，險退魏將司馬懿率領的十萬大軍
職務	1.劉備的軍師 2.曹操的軍師兼御右中郎將、御史中丞	1.劉備的首席軍師 2.蜀漢丞相 3.受封武鄉侯，輔佐後主劉禪
頭銜	孝子	政治家、軍事家、發明家，曾發明運糧工具木牛流馬、連發兵器諸葛弩、能送達求救訊息的天燈等等

三國笑史

19 這個臥龍，傳說很牛唷！

粉墨登場　臥龍諸葛亮

青年時與家人住在南陽郡，過著儉樸的耕讀生活，也就是既從事農業勞動又讀書、教學。他拜水鏡先生司馬徽為師，與徐庶、龐統是同學。在劉備真誠的邀請下，下山協助他打天下，後成為蜀漢丞相，立下許多膾炙人口的戰績。劉備死後，他受封武鄉侯，並受託孤，輔佐不成材的後主阿斗。後因出兵作戰，積勞成疾，病死在位今陝西省的五丈原。

這一集我掛名男主角，美編，我的造型要走型男風唷！

語文學堂

- 牛：大陸用語，形容很厲害。
- 文韜武略：政治、軍事上的謀略。
- 士子：古時指讀書人。

三國故事開麥拉

劉備紅著眼眶送走徐庶，看著他的背影逐漸消失在樹林中。突然，徐庶又騎著馬回來，說：「主公，我忘了告訴您一件事。」

不等劉備問，徐庶又氣喘噓噓地說：「有位奇人叫諸葛亮，住在襄陽城外二十里的隆中，主公若得到他的輔助，就像周文王得姜子牙、漢高祖得張良。」

「他比你還厲害？」劉備不太相信。

「我與他相比，就像烏鴉比鳳凰，差多了！」徐庶爲人向來謙虛不忌材，他接著說：「諸葛亮住的地方叫臥龍岡，所以自號『臥龍先生』，是天下第一高人。他就是司馬徽先生口中的『伏龍』，『鳳雛』是龐統。」

劉備好高興，馬上準備前往臥龍岡拜託高人下山。

這二人是政壇奇葩，誰簽下他們就能得天下。
這張海報是從文創市集買來的嗎？看起來怪怪的耶！

穿越時空

三國型男軍師造型——綸巾和羽扇

三國時期的軍師以神算一哥諸葛亮最「潮」！他雖在山上耕讀，卻頭戴綸（ㄍㄨㄢ）巾、手持羽扇，臉上散發著神秘氣質，犀利地告訴你——我很厲害！

綸巾，是古時候一種配有青絲帶的頭巾；羽扇，即用鳥類的長羽毛製成的扇子。這二種裝飾品不是時尚名牌，然而被諸葛亮一用，就穿出「潮」味。一講到「羽扇綸巾」就聯想到諸葛亮，別無他人。

因爲諸葛亮帶動了潮流，往後的文人、士大夫就算沒有包綸巾，扇子也成爲必備的裝飾品，還成爲彼此饋贈的「文創風」禮物。

往後諸葛亮一出場，頭戴綸巾，羽扇一揮，東風、免費的箭都如桌上拿柑，好簡單。這位三國型男軍師千年來獨特的時尚品味，令設計師瘋狂。

諸葛亮時尚潮班開課　名師幫你打造成型男

三國笑史

20 一顧茅廬，書僮哇哇叫篇

劉備帶著禮物到隆中臥龍岡茅廬拜訪諸葛亮。
書僮
我是漢左將軍領豫州牧，皇叔劉備，
特來拜見諸葛亮先生，請通報一聲。
你名字那麼長，誰記得住啊！
你只要說劉備來訪。
轟！
諸葛先生雲遊去了，不知去哪裡，也不知道什麼時候會回來。
打狗看主人，既然主人不在，我就替他教訓你這沒禮貌的小鬼。
臭劉備，大欺小，沒家教。

粉墨登場　行事魯莽的張飛

爲劉備結拜的三弟，爲人性急魯莽，雖協助劉備立了不少功勞，卻也闖下禍事，包括鞭打督郵，連累劉備丟官；醉打呂布的岳父曹豹，以致徐州城失守。其實正史上的張飛是富二代，讀過書，寫了一手好字，並非賣豬肉的小販。而且他沒有怒打督郵，那些負面形象是羅貫中爲了劇情編寫的。

語文學堂

- 雲遊：到處漫遊，行蹤無定。
- 打狗看主人：打狗時應該顧慮狗主人是誰。比喻責備懲罰他人時，要顧及對方的長官、父母等相關者的面子。

三國故事開麥拉

劉備派人準備了厚禮，要前往隆中去請諸葛亮下山。此時，水鏡先生正好來訪，順便看望學生徐庶。劉備傷心地說了徐庶離去的來龍去脈。

「唉！徐庶太孝順了，他不去，曹操不敢殺害徐母，反而一去，徐母必死無疑。而且那封信絕不是徐母的親筆跡，徐庶被騙了。」水鏡先生很慨嘆。

「徐庶推存南陽諸葛亮，這個人眞是奇才嗎？」劉備轉換話題問。

水鏡先生推崇諸葛亮像興盛周朝的姜子牙等人。他臨走時，大笑說了一句奇怪的話：「臥龍雖得了人心歸向的主子，卻不得天時，成不了千秋霸業，可惜！」

劉備確定諸葛亮是高人，第二天就帶著關羽、張飛前往拜訪，那些語帶玄機的話也沒閒情理會了。

嘿嘿，家裡吃的、用的、穿的過陣子就有人送來了，這個劉皇叔眞夠意思。

穿越時空

七十二歲才走好運的姜子牙

徐庶、水鏡先生口中的「姜子牙」出生於商朝，叫呂尚，四處打零工，擺小吃攤、開酒鋪、賣豬肉，無奈都沒有賺錢，老婆一氣之下，攤牌與他離婚。

姜子牙六十多歲時曾謀了份公差，然而他看不慣官場裡那些齷齪的事，做沒多久就不幹了。失業的他打聽到周文王是個賢人，便挑在周文王常路過的地方垂釣，而且用不放餌的直鉤，離水面三尺，讓這件事成爲眾人取笑的話柄，以吸引周文王注意。所以有了「姜子牙釣魚——願者上鉤」這句歇後語。

這一招果然奏效，姜子牙趁著與周文王聊天時，以釣魚爲喻，提出治國的撇步。周文王很滿意，封他爲國師，那一年姜子牙已經七十二歲了。幾年後，周武王繼位，尊姜子牙爲「師尚父」。姜子牙走老運，堪稱史上第一絕。

祈求文王出現在我的世界裡，帶給我好運，帶給我驚喜……。
文王，你再不來，又要中暑了。
我們一定要配合這怪老人演這種戲嗎？

三國笑史

21 三顧茅廬，劇情走鐘篇

冷死人了！這山野村夫好大架子，讓大哥親自來拜訪。
我要孔明知道我的誠意，三弟若怕冷，自己先回去。
時值隆冬，劉備又帶關、張二人前來茅廬拜訪諸葛亮。
諸葛先生今天在家嗎？
正在堂上讀書寫字。
劉備進門見堂屋裡坐著一人，為顯得親近熱絡，劉備上前就往他的後腦勺拍下去……
唉呀，你回來了！
啪！
這位大哥，你有事嗎？我哪裡得罪你了？
諸葛均
看來是認錯人了，呵呵呵……
這次劉備還是沒有見到諸葛亮。

粉墨登場　神算一哥的弟弟諸葛均

與諸葛瑾、諸葛亮為三兄弟，父親諸葛珪死後便由叔父撫養。長大後，與諸葛亮在臥龍岡（位於中國河南省南陽市，也寫成「臥龍崗」）過著耕讀生活。《三國演義》裡劉備第二次拜訪草廬時，見他在唱歌，誤以為是諸葛亮，這僅是故事情節而已，正史上並沒有記載。後來諸葛均因哥哥的關係，也在劉備手下效命，任校尉，屬武官。

二哥人氣旺，我也沾了光搏個版面。

語文學堂

- 隆冬：冬天最冷的一段時間，也叫嚴冬。
- 山野村夫：鄉野間粗俗的人。有時也當作自謙詞。

三國故事開麥拉

劉備第一次訪高人諸葛孔明，碰了個閉門羹。隔了幾天，派人探聽他已回來，按捺不住心中的歡喜，執意冒著大雪出發。

「派人叫他過來就好，幹麼大費周章地去拜訪，好麻煩！」張飛不高興地碎碎念。「孔明是當世高人，怎麼可以用召請的？那樣顯得我們太沒有誠意。」劉備很堅持，關羽、張飛只好同行。

一行人來到臥龍岡，劉備下馬叩門，開門的書僮說：「先生在裡面讀書。」劉備進去，見有個年輕人守著爐子烤火，哼唱著賢士等待明主的歌。

劉備忙進門施禮，那人卻說：「我叫諸葛均，孔明是我二哥，他去遊玩了。」

「眞不湊巧！」劉備留下書信，請諸葛均轉交孔明，就告辭離開了。

在草屋烤地瓜，小心火災！
徐庶和水鏡有沒有唬我？這裡眞的有高人嗎？

穿越時空

東漢豪宅一日遊

時下市井小民大嘆買不起房子，省吃儉用下大概僅能像諸葛孔明一樣，在臥龍岡買間茅廬。

漢朝流行厚葬，墳墓蓋得好氣派，陪葬品也都是珍寶。由此可推測，當時的有錢人、貴族生前一定都住豪宅，只有鄉野農夫才會就地取材，蓋便宜的茅屋。

如果眞的能夠穿越時空，我們揪團來到一千九百多年前的東漢，隨處可見以木頭興建的高樓，有錢人愛蓋三至五層樓的莊園，還加建瞭望臺。當時的建築風格很有品味，從大門、牆、庭院、房屋、樑柱、窗户等等都精心設計，而且愛用花紋邊來裝飾；顏色也很豐富，紅、青紫、黃……都有。

唉，這種充滿文青味的茅廬，只有眼光一流的劉備會來。
東漢豪宅一日遊旅行團

東漢建築融合了雕刻、彩繪、瓦當等藝術手法，堪稱一等一的藝術豪宅。

三國笑史

22

三顧茅廬，偷窺美人篇

寒冬過了，春暖花開。劉備第三次前往臥龍岡茅廬拜訪諸葛亮。
我二哥已經回來，人在草堂裡睡覺，還沒有醒。
讓他睡，別喊醒他，我在門外等他睡醒。
劉備站在草堂門口等孔明睡醒，怎知這一等就過了兩小時之久。
這懶蟲白天睡大頭覺，我把草屋燒了，看他還睡不睡得著？
噓！安靜點，別吵了裡面的人睡覺。
劉關張三人擠在一起往門縫裡偷窺。
這美女睡覺的姿態可真撩人啊！
原來有這種好康，難怪大哥等這麼久也不生氣。
奇怪，孔明怎會是個女人呢？

粉墨登場　孔明的妻子阿醜

相傳本名叫黃綬（或說黃月英、黃碩），俗名阿醜，是東漢名士黃承彥的女兒。爲什麼叫「阿醜」，有人說因爲她髮色像枯乾的稻草、膚色黝黑，長相醜陋，所以被戲稱「阿醜」。然而，正史上僅記載諸葛亮娶了黃夫人，對她的容貌並沒有任何描述，關於阿醜的長相都是傳說，不足採信。

我的外號叫「背影殺手」、「暗夜萌妹」。

語文學堂

- 草堂：草屋，古時候多指隱士居住的房屋。
- 窺：音ㄎㄨㄟ，從小孔或縫隙裡悄悄地看。
- 撩人：誘人、動人。

酷寒的冬天過去了，轉眼間春暖花開，劉備請人卜卦，挑了黃道吉日，啟程去拜訪孔明。關羽卻不起勁，斷定孔明虛有其名才躲起來；張飛則氣得說要把孔明捆起來，看他還敢不敢那麼跩！

「當年周文王禮遇賢才姜子牙，我們才拜訪二次，你就抱怨連連，乾脆你留下來好了。」劉備語帶不悅。張飛自知理虧，連連道歉，劉備才同意他去。

三人離茅廬還有半里路程，劉備就下馬步行，來到莊門，讓書僮通報。

書僮說：「先生還沒睡醒。」劉備讓關羽、張飛在門外，自己進入草堂，恭敬地等候。等了老半天，張飛火大地要放火燒草堂，關公急忙勸他別惹禍。

劉備瞥見孔明翻個身，以為他醒了，正想讓書僮通報，他偏又睡著了。

穿越時空

孤兒孔明的豪門婚姻

時下韓劇愛演寒門萌妹嫁貴公子，或窮小子娶富家千金的戲碼。其實早在一千多年前，那個會借東風的孔明，就以孤兒身分娶了千金小姐。

《三國志》裡描述諸葛孔明身高八尺，約今一八〇公分，風度翩翩，是百分百的型男。他在被動下答應親事，迎娶千金女黃綬爲老婆。

相傳黃綬因長得又醜又黑，俗名阿醜。她的母親蔡氏與劉表的二老婆是姐妹，父親黃承彥又是荊州地區的大老，本身多才多藝，在父親作主下嫁給帥氣的孔明。

孔明的粉絲們一定期待偶像娶個大美人，黃綬沒有留下畫像，所以到底醜或美無法證實，然而相傳孔明的陣法、奇特發明、三分天下良策等等都是老婆出的點子呢！

三國名人報
名門千金阿醜下嫁型男孔明
孤兒鹹魚大翻身羨煞王老五

三國笑史

23

這個人妻是背影殺手

三位看過癮了嗎？在裡面睡覺的是我老婆。
我才是南陽臥龍諸葛亮。
諸葛亮
諸葛先生真是個型男，像神仙似的，好帥！
他老婆也是美女。
老婆，有人誇你是美女，還不快出來見客。
黃綬
誰這麼有眼光？
黃綬是出了名的醜女，劉關張三人見了她廬山真面目嘔吐一地，嚇得說不出話來。
我老婆是標準的背影美女，轉正面就破功了。

粉墨登場　傳說長相美麗的阿醜

據說諸葛孔明的老婆黃綬是個美人，才華洋溢，因此惹來同鄉里的女子嫉妒，故意散播她長相醜陋，而有了「阿醜」的俗名。另有個說法是黃綬嬰兒時期，長得很可愛，父親黃承彥帶她去算命，相命師斷言襁褓中的美麗女嬰，將來會因美貌惹來禍害，所以刻意取了個小名叫「阿醜」。

想要一睹我的容貌，來臥龍岡找我啊！

語文學堂

- 過癮：泛指滿足愛好。癮：音ㄧㄣˇ，積久而成的習性，泛指濃厚的興趣。
- 廬山真面目：比喻事物的真相或人的本來長相。

三國故事開麥拉

劉備又等了一個時辰，孔明才醒來，隨即詩興大發地吟唱：「大夢誰先覺？平生我自知。草堂春睡足，窗外日遲遲。」吟罷，問：「有客人來嗎？」

書童尷尬地回答：「劉皇叔等了好幾個小時了。」孔明一聽，責怪童子怠慢客人，趕緊換了衣裳，又過了老半天，才手持羽扇，瀟灑帥氣地出來。

劉備見他高約一八〇公分，臉龐光滑如白玉，頭上戴著配了青絲帶的頭巾，身披羽毛製成的外衣，渾身散發出仙風道骨的氣質。「我前來拜見孔明先生，一見，果然是高人。」劉備掩不住喜悅地向前作揖。

二人坐下來喝茶，劉備懇請孔明助他平定天下。孔明一再推辭，自稱沒本領怕誤了大事。劉備不死心，誠心說服，終於感動了對方。

穿越時空

超級醜女出列

中國歷史上有四位女子因太醜而名垂千史，到底有多醜？個人的命運如何？看「超級醜女出列」一覽表就了解。

出生先後	醜女	年代	醜臉描述	老公	事績
1		遠古時期	相傳因長得醜被霸凌	軒轅氏黃帝	助黃帝打敗蚩尤
2		戰國／齊國	頭超大，額頭、雙眼凹陷，鼻孔向上翻，脖子長個大喉結，髮量稀少，膚色像黑漆	霸主齊宣王	不要命地勸昏庸的齊宣王要用心治國
3		東漢	黝黑肥胖	名士美男梁鴻	贏得「舉案齊眉」成語美名
4		東晉	洞房花燭夜，新郎嚇得拔腿奔逃	名士許允	自稱除了不美，具備所有優點

三國笑史

24 孔明大哥，你在說笑嗎？

隆中對
曹
劉
荊州
孫
我打算以後幫助皇叔攻取西川，與北方曹操、南方孫權，三分天下以成鼎立之勢，最後一統中原。
主公，我這計策美不美？

美是美，可是我聽了怎麼覺得很不踏實，像作夢似的。
那是因為你還不夠多。

什麼不夠多？

喝得不夠多！
只要喝醉，什麼都能當真，乾杯！
這小子到底靠不靠得住啊？

粉墨登場　窩在草堂的孔明

孔明自比爲春秋時期齊國的政治家管仲、戰國時期火紅軍事家樂毅，他爲了一展長才，刻意隱居在臥龍岡，等建立名氣，再吸引劉備「三顧茅廬」。劉備兩次來訪，孔明都雲遊去了，第三次又睡了老半天才出現，吊足了劉備的胃口。他窩在草堂等識貨的明君，這一招就像姜子牙釣魚等周文王，都是絕招。

想見我，哪有這麼簡單，若賣門票肯定秒殺。

語文學堂

- 北方：泛指黃河流域及其以北的地區；相反的，以南叫南方。
- 鼎立：三方面對立，像鼎的三足。
- 踏實：認眞切實。

三國故事開麥拉

孔明吩咐書僮取來地圖，掛起來，說：「目前北方讓曹操占天時，南方讓孫權占地利，將軍應先取荊州，再取西川，與曹、孫成三足鼎立的局面。」

高人出口，果然不同凡響。「但是荊州有劉表、益州有劉璋，二人都是漢室宗親，我怎麼忍心搶奪？」劉備既驚喜又擔心。

「劉表已經命在旦夕，劉璋沒有帝王命格，將來西川一定歸將軍。」劉備聽了飄飄然，再三邀請孔明下山。然而孔明以沒興趣拒絕了。

「先生難道不可憐天下蒼生嗎？」劉備說著，難過地哭了起來。他的「哭功」果然了得，孔明好感動，表示願意效犬馬之勞。第二天，他隨同劉備等人下山，開始進行三足鼎立的超級任務。

你快點答應啦！要不然這破草屋會被淹垮。
大哥每次使出「哭功」，絕對使命必達，讚！

穿越時空

劉備見孔明——如魚得水

「劉備見孔明——如魚得水」，是一句歇後語，比喻劉備想圖取中原建立霸業，卻苦無高人指點，當他三訪臥龍岡，見到孔明，聽了孔明提出《隆中對》後，歡喜得就像魚兒在水中游來游去。

當然孔明不是那種有人來訪，就接見的小咖。自幼無父無母，過著寄人籬下的他，年少時就立下志願，要闖出一番轟轟烈烈的事業。當劉備三顧茅廬來訪，他提出了著名的《隆中對》（因爲諸葛亮隱居於湖北襄陽附近的隆中山，所以稱《隆中對》。對，有計策、對策的意思），爲劉備分析天下局勢、提出策略。

求才若渴的劉備對孔明敬佩萬分，當場要讓關羽、張飛獻上禮物，還客氣地說：「只是聊表寸心。」從此二人黏成麻吉，一個是魚一個是水。

孔明大哥，我見了你心中湧現好多成語：一見如故、如魚得水、歡天喜地、喜不自勝、高不可攀、吉星高照……
你千萬不要連「一路好走、駕鶴西歸」都講出來。

三國笑史

25

大哥變心了，氣！

諸葛亮與劉關張三人同歸新野城擔任軍師。
劉備雖然比較年長，但對諸葛亮像老師一樣敬重。
兩人同桌吃飯，同榻睡覺，終日共論天下大事，樂此不疲，感情極好。
你看這則新聞真好笑，美國有人宣稱見過外星人，其實是場騙局。
這則新聞更奇了，以後食物用3D列印機印出來就能吃。
哈哈哈……
哈哈哈……
哈哈哈……
哼！討厭，大哥變心了。

粉墨登場　結拜三兄弟情變

東漢靈帝時黃巾賊作亂，劉備、關羽、張飛因響應從軍，討伐亂賊，在桃花盛開的院子裡結拜為異姓兄弟。三人一路走來出生入死，情感好麻吉。「三顧茅廬」後，孔明下山，與劉備成了「黏巴達」，無形中冷落了結拜的好兄弟，關羽、張飛像喝了一大桶醋，酸溜溜，覺得三兄弟「情變」，都是孔明害的。

語文學堂

- 同歸：走到同一目的地。
- 新野：位今中國河南省西南方，境內田野肥沃，河川競流，有「百里平川」的美稱。
- 同榻：同床共寢。榻：音ㄊㄚˋ，狹長而較矮的床。

三國故事開麥拉

孔明隨著劉備等結拜兄弟回到新野城，劉備把孔明視爲超級偶像，幾乎二十四小時離不開他，同桌吃飯、同床睡覺，坐在草席上討論大業。

江東的孫權也沒閒著，他大展廣納賢才計畫，命顧雍、張紘招待各地來的賓客。才過了幾年，四方的文武賢才紛紛來投靠，江東的勢力愈來愈強。

「這乳臭未乾的小子以爲自己翅膀硬了！」曹操爲了挾制孫權，命令他派一個兒子入朝，實際上是當苦命人質，隨時會丟了腦袋。孫權與大臣、吳太夫人討論後，決定不甩白臉曹。

隔年，孫權領兵攻打劉表部將黃祖，黃祖逃走，大將凌操搭著小船追擊，不料反被黃祖的部將甘寧射死。孫權見硬打下去也撈不到好處，便收兵回東吳。

穿越時空

西漢一炮而紅的人質

翻閱史冊，中國有椿既駭人聽聞又有些烏龍的綁架事件，苦主因此一炮而紅，這個人質就是漢高祖劉邦的爹。秦朝末年，楚霸王項羽與劉邦對打，一直無法居上風。這一年，兩軍相峙，項羽令手下搭起高高的灶臺，架出劉老爹，抓狂地對劉邦高喊：「你不投降，我就宰了你爹，煮來吃。」

劉邦早年是個小流氓，不時興父慈子孝這一套，他輕鬆地說：「好耶！煮熟後，記得分杯羹給我。」

光這句話就劈得項羽人仰馬翻，想不到劉邦這麼不孝、無恥！灶臺上的劉老爹因爲被兒子牽連，當了悲情人質，又當場被兒子講「分杯羹」來吃的話，雖然傷心斷腸，但也因此一炮而紅，成了「分杯羹」的要角之一。

殺了你老爹，煮麻辣羹來吃。
端一碗給我，記得多加些大蒜唷！

三國笑史

26

孫權的暖心手法

甘寧原本是劉表部將黃祖的手下，他殺了吳將凌操立了功，但黃祖還是看不起他，甘寧憤而投降孫權。
黃祖
甘寧
凌操
可惡！
孫權見時機成熟，命周瑜領大軍蕩滅江夏黃祖，欲報當年殺父之仇。
兩軍交戰，黃祖不敵大敗而走，棄江夏逃往襄陽城。
甘寧料敵機先，在半路上伏兵攔截黃祖，兩軍廝殺中，甘寧一箭射死黃祖。
我終於報了殺父之仇，
我要重賞甘寧。
凌操的兒子凌統聞言大哭。
我的殺父之仇要找誰報呢？
凌統
老闆難為啊！一邊是殺敵功臣，一邊是忠烈之後，兩邊都得討好。
孫權只好將甘寧遠調，派他領兵至夏口鎮守；另一方面，加封凌統為都尉，以安撫他的不滿，打消報父仇的念頭。

粉墨登場　東吳的生力軍甘寧

因對主子黃祖不滿，在同袍蘇飛的協助下向孫權投降，成了東吳的生力軍。後來，他追殺黃祖，既爲自己吐了怨氣，也爲新主人孫權報了殺父之仇，頓時成爲紅牌武將。甘寧戰鬥力極強，曾以百名兵力夜襲曹軍成功，人們誇他與曹營大將張遼平分秋色。

孫權懂我，
是我永遠的
伯樂。

語文學堂

- 機先：事機尚未發展的時候。
- 廝殺：互相拚殺，指交戰。廝：互相。
- 都尉：古代武官名。

三國故事開麥拉

吳太夫人死後，孫權爲母親舉行隆重葬禮。母親撒手人寰，讓他對亡父孫堅枉死更痛心。多年來，他時時不忘黃祖圍殺父親，一定要報殺父之仇。

隔年春天，他準備率兵攻打黃祖，但是幕僚張昭認爲守喪未滿一年，不宜大動干戈。大將周瑜的看法不同，說：「報仇雪恨，幹麼講究那些繁文縟節。」

孫權正遲疑不決時，武將呂蒙來見，說黃祖的部將甘寧來歸降。「這個人以前是江洋大盜，但精通史書，人稱『錦帆賊』，是個人才。」

「我得到甘寧，一定可以大破黃祖。」孫權欣喜若狂，立刻接見，並請教他如何殺敵。甘寧果然是狠角色，表示只要破了黃祖，就可以圖謀霸業。

這番話正中孫權心懷，他親率十萬大軍出征，爲父報仇。

你好有型唷！想不想演電影？

A+

姓　名：甘寧
喜　好：作戰
優　點：能打能摔
好　友：蘇飛
經　歷：1.江洋大盜
2.不得志的武將
得意事情：甩了主人黃祖

穿越時空

草包將軍呂蒙脫胎換骨記

武將，在人們的印象裡大多是「力拔山兮不識字」的草包，東吳孫權有個手下叫呂蒙，就屬於這類，論肌力、武力一等一，肚子裡卻沒有墨水。

孫權很器重呂蒙，經常鼓勵他大量閱讀史書、兵書，當個文青型將軍，才不會被人識笑是不識字的武夫。呂蒙受到主公鼓勵，點燃了發憤苦讀的烈火，經常熬夜讀書，不了解的文句，也一一圈起來，向人請教。

多年過去了，呂蒙閱讀了很多典籍。有一天，東吳的大臣魯肅來找他，發現呂蒙變得很有氣質、很有學問，不禁佩服地說：「你已經不是那個草包呂蒙了。」

受誇獎的呂蒙講了一句名垂千史的話：「男子漢三天不見，就應該讓人刮目相看才對呀！」「刮目相看」這句火紅成語的男主角就是呂蒙。

呂蒙「刺股懸梁」苦讀。因刺大腿，血跡斑斑；頭髮因長期懸梁，以致快成了光頭，精神不濟，被家人抬去就醫。

三國笑史

27 以脫待變，笑爆了！

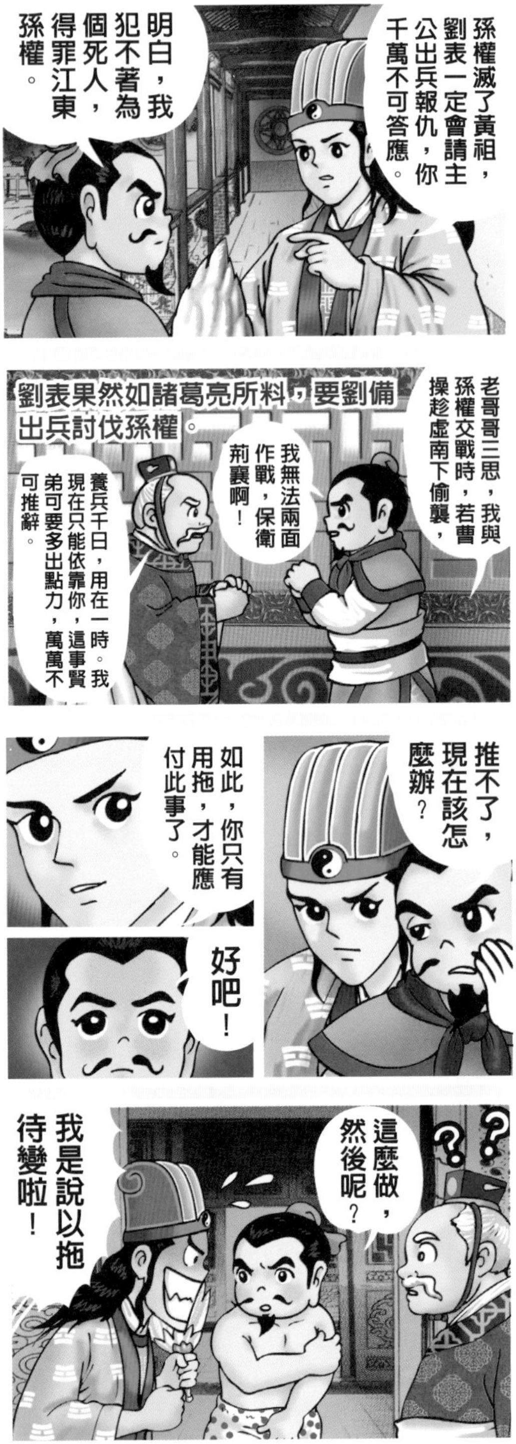

孫權滅了黃祖，劉表一定會請主公出兵報仇，你千萬不可答應。
明白，我犯不著為個死人，得罪江東孫權。
劉表果然如諸葛亮所料，要劉備出兵討伐孫權。
老哥哥三思，我與孫權交戰時，若曹操趁虛南下偷襲，
我無法兩面作戰，保衛荊襄啊！
養兵千日，用在一時。我現在只能依靠你，這事賢弟可要多出點力，萬萬不可推辭。
推不了，現在該怎麼辦？
如此，你只有用拖，才能應付此事了。
好吧！
這麼做，然後呢？
我是說以拖待變啦！

粉墨登場　江夏太守黃祖

效忠劉表，因爲殺了孫堅，與孫權結下深仇大恨，也爲自己埋下危機。多年後，孫權率兵攻打黃祖，要他以命償命。黃祖派部下甘寧迎戰，漂亮地反擊。大勝後，他卻奚落甘寧是江洋大盜出身，不肯重賞對方。甘寧一氣之下離開，成了孫權部下。事後，二軍再度交戰，黃祖死於甘寧手下。

其實我是被孫權的部將馮則殺死，爲了劇情效果，才配合羅貫中瞎掰。

語文學堂

- 犯不著：不值得。著，音ㄓㄠˊ。
- 趁虛：此指趁著兵力空虛。
- 萬萬：絕對、無論如何。

三國故事開麥拉

孫權報了殺父之仇，臉上寫滿得意，心情像三月春風。黃祖死訊傳到劉備耳裡，他猜測劉表會找人聯手，便向孔明請教對策。

不料劉備還沒開口，探子來報，說劉表已經派人來，要他火速到荊州討論大事。「怎麼辦？」劉備不想蹚渾水，不安地問孔明。

「劉表一定是爲了報仇的事，這事不能直接拒絕，我同主公前往，到時候見機行事。」劉備便率領人馬來到荊州。一談，劉表果然是想商量報仇的事。

「如果我們攻打江東，曹操趁機偷襲怎麼辦？」劉備不想接這燙手山芋。

劉表說：「你若肯幫我，等我一死，就讓你接管荊州。」然而劉備怕被人譏笑他乘人之危，不肯答應。

幫我報仇，將來我死了，讓你繼承「荊州」。
我只愛泡溫泉、吃泡麵配泡菜，不會經營泡茶館。
主公裝傻的功力一流，讚！

劉表、劉備、孔明在「荊州泡茶館」。

古代的高速公路——棧道

從戰國時代開始，軍事家們便懂得於懸崖峭壁上鑿孔，架上柱形狀的木樁，再鋪上一片片木板，形成可通行的窄路，猶如古代的高速公路。

這種狹窄的棧道雖然不能飆速，卻是山崖峭壁裡唯一的運輸管道，修棧道，成了國家重要的交通政策，像秦朝曾在秦嶺上修築綿延數百公里的棧道。

楚漢相爭時，漢軍大將韓信曾修棧道，事後劉邦聽從張良的建議，爲了消除項羽的戒心，故意燒毀棧道，表示不再返回關中；隨後卻率兵偷渡陳倉，打敗楚將，回到關中咸陽。這段歷史即是有名的「明修棧道，暗度陳倉」。

到了三國時期，蜀漢、曹魏都大修棧道。諸葛亮派人修建的劍門關，被詩仙李白美稱作「一夫當關，萬夫莫開」。

棧道公益路跑，你跑步我捐款！
人人誇我是「力拔山兮最會跑」，聽說過嗎？
沒有！外面傳聞你是「力拔山兮不識字」，哈哈哈！
劉
項

三國笑史

28 孔明下暗棋，妙！

我繼母想要我的性命，請叔父想辦法救救我。
劉琦
這事我沒好法子，我讓諸葛亮為你出主意。
隔日，諸葛亮來到劉琦家裡，劉琦故意把他引到一個隱密的地方說事。
求先生指點救命的辦法。
我若想不出辦法呢？
踢倒
那先生今天就別想回去。
算你狠！
諸葛亮教劉琦要儘快遠離是非之地。他建議劉琦請調遠離襄陽，前往黃祖死後無人防守的江夏，一是能避禍自保，二是能自立根基，劉琦依計而行。
這計策是諸葛亮預先埋下的一招暗棋，日後果然起了關鍵性的作用。

粉墨登場　被餓虎繼母盯上的劉琦

為荊州刺史劉表的長子，個性溫和，有孝心。母親陳氏死後，繼母蔡氏視他為眼中釘，想盡法子要取他性命，好讓同父異母的弟弟劉琮成為繼承人。劉琦為了躲避殺身之禍，來到江夏任太守。父親死後，他被指名為繼承人，卻被繼母等人從中破壞。在三國爭霸中，他選擇效忠劉備，赤壁之戰後病死。

我連父親臨終一面都見不到，好悲情唷！

語文學堂

- 法子：方法、辦法。
- 是非之地：意指糾紛多、勾心鬥角嚴重的環境。
- 暗棋：比喻另有打算的計策，一時看不出事情的頭緒。

三國故事開麥拉

正當劉備、孔明商議大事時，劉表的長子劉琦來求見。他一進門就跪下來，哭著說：「繼母時時刻刻想取我性命，請叔父救救我！」

劉備扶他起來，說：「你們的家務事，我不方便插手。」二人談了一會兒，他起身送劉琦，來到門外，說：「明天我讓孔明去找你，他一定有好主意。」

第二天，劉備假裝肚子疼，吩咐孔明回拜，才不會失禮。劉琦在密室裡大擺宴席，飲酒中，他向孔明求救。被拒後，他乾脆讓孔明上閣樓，說：「這裡上不沾天，下不挨地，話出你口，僅入我耳，絕對沒人聽到。」

孔明還是不說。劉琦急了，拔劍要自殺，孔明才建議他向劉表要兵馬守江夏，這樣才能保全性命。第二天，劉琦徵得父親同意，即刻前往江夏避風頭。

今夜的星光迷離，江夏星空也一定美極了！
「星光迷離、江夏星空」，這是逃命密碼嗎？

「逃」之夭夭，溜之大吉！

金字　戰國文字　小篆

「逃」，左是辵，右是兆，辵，音ㄔㄨㄛˋ，快快走的意思。兆，音ㄓㄠˋ，古代占卜時甲骨經燒灼出現的裂紋，後指發生事情前的跡象。

為什麼要快快走？因為從「兆」的裂紋中，預料將發生危機，既然一時無法解決，只好先逃，溜到安全的地方，自然大吉大利。

劉琦眼見父親劉表如風中殘燭，繼母和舅舅又如餓虎撲羊，他只好先後求救劉備和孔明。神算孔明在沒有勝券下，建議劉琦先「逃」——逃離危機的荊州，溜到沒有餓虎的江夏，才能保住性命。

劉琦「逃」得好，保住一命，又有逆轉勝的機會；當年項羽「逃」得狼狽，自刎烏江，是逃之夭夭的失敗者。

逃術生活營，神算孔明授課
開創人生技長，保證一學就會
「逃」得妙，讓你快樂上天堂；「逃」得不妙，讓你自投羅網。

三國笑史

29 孔明打劉備，做效果啦！

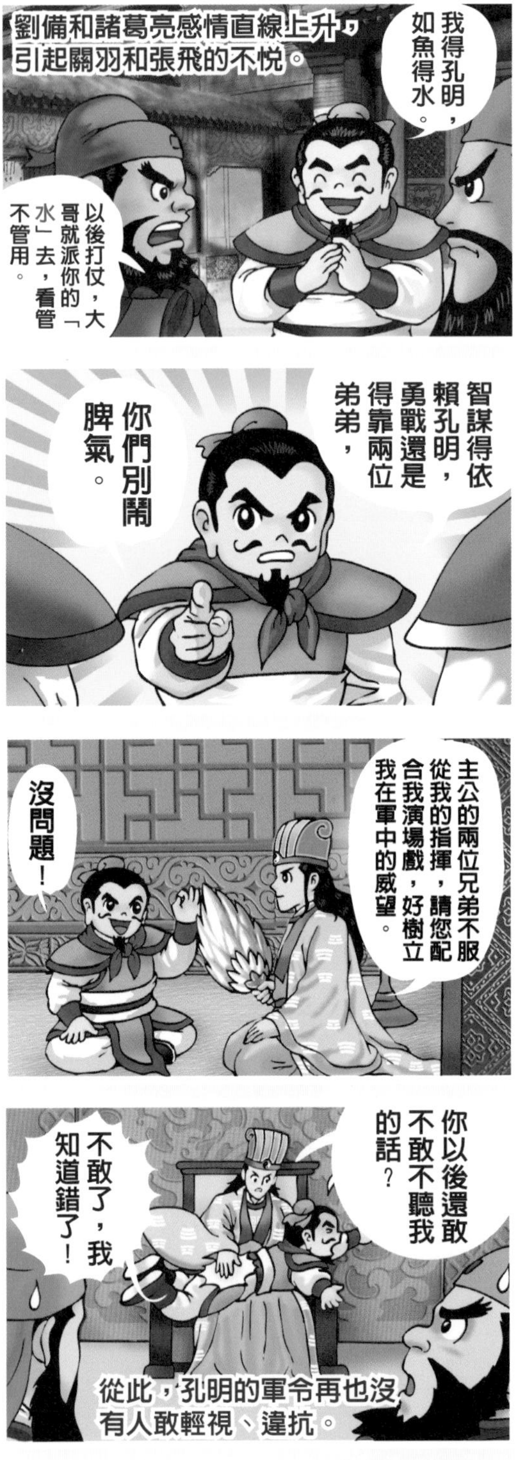
劉備和諸葛亮感情直線上升，引起關羽和張飛的不悅。
我得孔明，如魚得水。
以後打仗，大哥就派你的「水」去，看管不管用。
智謀得依賴孔明，勇戰還是得靠兩位弟弟，
你們別鬧脾氣。
主公的兩位兄弟不服從我的指揮，請您配合我演場戲，好樹立我在軍中的威望。
沒問題！
你以後還敢不敢不聽我的話？
不敢了，我知道錯了！
從此，孔明的軍令再也沒有人敢輕視、違抗。

粉墨登場　遭排擠的孔明

本來隱居在南陽郡，過著耕讀生活，後來隨著劉皇叔下山，來到新野當起幕僚。孔明成了劉備的新寵，看在結拜兄弟關羽、張飛眼裡，這個「外人」像是眼中釘，恨不得快快拔除。孔明遭排擠，當然不會吃啞巴虧，他想法子樹立天王形象，拿著劉備給的大印、寶劍，發號施令，誰也不敢多嘴。

這一集我躍登封面當主角，難怪有人吃味！

語文學堂

- 如魚得水：比喻得到與自己投合的人或處在很適合自己的環境。
- 樹立：建立。

曹操的政治生涯如日中天，他耳聞劉備積極地招兵買馬，便派夏侯惇等大將率領十萬兵馬直逼新野。參謀荀彧表示孔明很厲害，不贊成貿然出兵。

「哦，孔明是何方神聖？」曹操好奇地問。

徐庶說：「孔明又叫臥龍先生，是當世奇才。」曹操有點不相信，問：「你們誰比較強？」「我是螢火蟲，孔明是一輪皎潔的明月，我永遠也比不上他。」徐庶答道。

孔明確實心懷大志，他見夏侯惇率領大軍殺來，擔心下達軍令時，關羽、張飛唱反調，便向劉備要來大印、寶劍，誰敢違抗一律聽斬。

二人見孔明派大夥出兵，自個兒卻窩在縣衙，很不服氣，反嗆孔明的計策假使不靈，回來一定狠狠地羞辱他。

嘿嘿，這讀書仔爬不上來，看他怎麼派咱們去作戰？

穿越時空

拜訪古代的隱士

隱士，顧名思義就是在深山過生活的人。這類隱士常身懷奇才，有一天會遇到熱情的伯樂，求他下山，聯手幹起轟轟烈烈的事業，像三國時期的孔明。

東晉也有位高超的隱士，叫陶淵明，標準的「菊花控」，愛菊成痴。他不愛功名，不愛金錢，不肯爲「五斗米折腰」，在終南山當個快樂的農夫。

盛唐的大詩人孟浩然也崇尚自然，但是他三十六歲那年，收拾包袱來到洛陽求個官做，夢碎；捱到四十歲又成了落榜生，努力了好久，才勉強掙個官。

「唐伯虎點秋香」中的多情男唐伯虎曾經在桃花塢隱居，過起桃花、美酒、詩畫相伴的日子。可惜他被王爺請下山後，官運很敗，差一點賠上性命。

古代的隱士「隱居」技巧一流，無論住得多偏遠，都能上頭版呢！

跨時空隱士樂團登台，
門票秒殺一票難求！
成功的隱士要「隱」得高調，像我一樣啦！
跨時空隱士樂團

三國笑史

30 孔明的第一戰，漂亮！

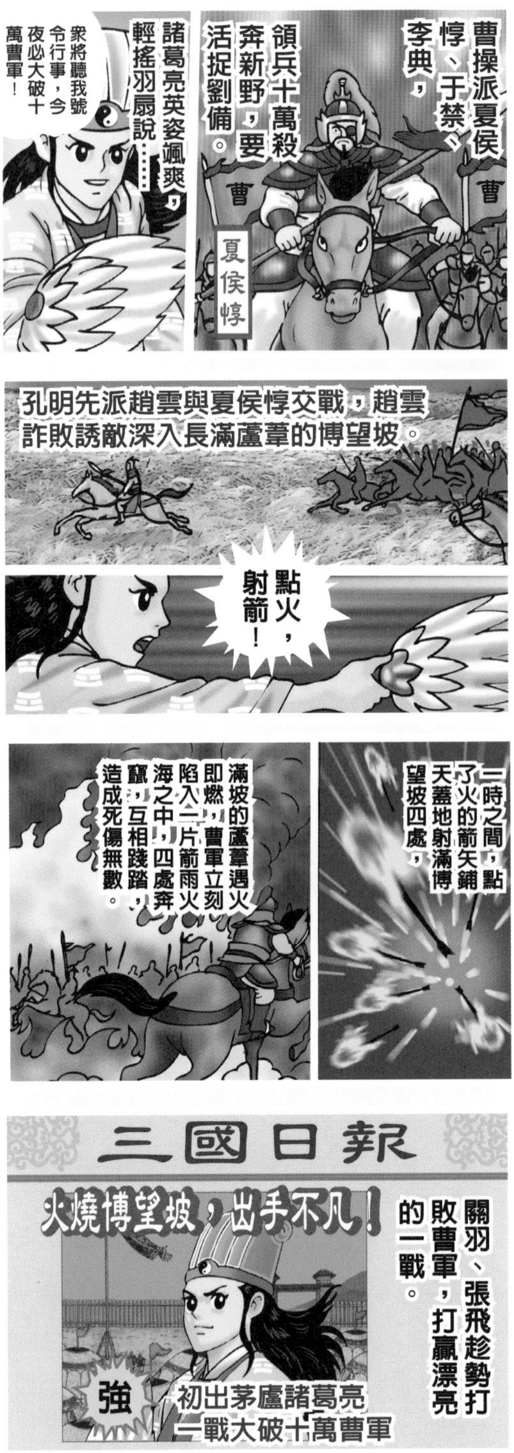
曹操派夏侯惇、于禁、李典，領兵十萬殺奔新野，要活捉劉備。
曹
曹
夏侯惇
諸葛亮英姿颯爽，輕搖羽扇說……
眾將聽我號令行事，今夜必大破十萬曹軍！
孔明先派趙雲與夏侯惇交戰，趙雲詐敗誘敵深入長滿蘆葦的博望坡。
點火，射箭！
一時之間，點了火的箭矢鋪天蓋地射滿博望坡四處，
滿坡的蘆葦遇火即燃，曹軍立刻陷入一片箭雨火海之中，四處奔竄，互相踐踏，造成死傷無數。
三國日報
火燒博望坡，出手不凡！
關羽、張飛趁勢打敗曹軍，打贏漂亮的一戰。
強
初出茅廬諸葛亮
一戰大破十萬曹軍

粉墨登場　獨眼大將PK完美大將

曹營大將夏侯惇因爲瞎了一隻眼，人稱「盲夏侯」。當年他追殺呂布，被敵將曹性射中左眼，忍痛把箭和眼珠子拔了出來，吞掉眼珠子，是人見人怕的獨眼大將。趙子龍爲蜀漢五將之一，長相俊俏，曾單槍匹馬七進七出，救出甘夫人和阿斗，立下不少功勞，稱得上是外型、武藝、德行均滿分的完美大將。

語文學堂

- 英姿颯爽：英武而神采飛揚的樣子。颯爽：豪邁矯健的樣子。颯，音ㄙㄚˋ。
- 矢：音ㄕˇ，箭。
- 鋪天蓋地：形容事物來勢猛，聲勢大。

三國故事開麥拉

關羽等眾將才出兵，孔明就命人安排慶功宴，準備功勞簿。

獨眼大將夏侯惇等人領兵到博望坡，途中巧遇趙子龍，雙方激戰沒幾回合，趙子龍扭頭就走。夏侯惇想急追，同袍韓浩怕是誘敵計，勸不要冒險。

夏侯惇不聽，追殺到博望坡，突然一聲炮響，劉備衝殺出來。夏侯惇大笑，對韓浩說：「這算哪門子伏兵？今晚我沒有殺到新野，絕不收兵！」說完，立刻指揮軍隊殺敵，劉備、趙雲突然變得膽小如鼠，轉頭就走。

曹軍猛追，不知不覺天色暗了下來，濃雲遍布夜空，來到兩邊都是蘆葦的窄路。當夏侯惇覺得不妙時，突然蘆葦叢燃起大火，十萬兵馬爭相奔逃。

這場戰役打得漂亮，連關羽、張飛都誇道：「孔明眞是神人！」

只要你呼喚我，我就會來到你身邊……。
孔明不僅是神人，也超級會搶鏡頭。

穿越時空

諸葛亮的首戰秀，唬人的！

「博望坡之役」是孔明下山後的首戰秀，打得精彩！打得漂亮！孔明自從此戰役後，被新野城的百姓視爲超級偶像。

然而，這一切都是故事安排，壓根兒不是史實。孔明是建安十二年（西元二〇七年）下山，「博望坡之役」發生在建安七年，想想看，孔明怎麼可能在茅廬指揮關羽等人作戰？而且那時候劉備還沒有三顧茅廬，他沒事蹚啥渾水。

火燒博望坡是史實，但是想出此點子的不是神算孔明，而是劉備。那時候劉備靠著劉表資助，窩在新野，見曹軍起兵，故意火燒自個兒的營壘，誘曹軍來打，再放火燒蘆葦，打得敵方像過街老鼠般竄逃。

所有的史實在羅貫中筆下，變成孔明的功勞，把孔明塑造爲神人偶像。

打勝仗明明是我的功勞卻變成你的，好氣人！
主公，沒有羅貫中編故事，《三國演義》怎麼可能成爲中國四大奇書，你就配合一下嘛！

1☆

袁紹與曹操對打，一個是七十多萬大軍，一個是七萬兵馬，就像石頭砸雞蛋那麼容易。然而，戰局卻大翻盤，曹操以少勝多。說說看，原因在哪裡？

1. 袁紹爲人自大，打戰沒有好好地規畫，以爲人多就能打贏
2. 曹操放毒氣，以致袁軍人馬全被毒死
3. 袁紹的三個兒子倒戈，故意打敗

（參考答案見內文第22、26、30、34、38、42、46頁）

2☆

放火，是不好的事，卻是兵法之一。你知道以下哪些戰役採用火攻嗎？

1. 劉備、關羽、張飛討伐黃巾賊
2. 曹操攻打袁紹，火燒袁軍的糧倉烏巢
3. 唐太宗李世民登基前發動玄武門之變，放火燒死兄弟

（參考答案見內文第27頁）

3★ 這一集故事裡介紹了好幾位謀士，各有其特質，你最欣賞哪一位，原因是什麼？試著與大家分享。

1. 曹營裡長相超帥的荀彧，因爲他既是美男子智商又高
2. 出走袁營的許攸，因爲他堅持自己的前途自己救，具高度逆襲力
3. 劉備的首席謀士孔明，因爲他太厲害了，堪稱是神算一哥

（參考答案見《三國笑史5》）

4★ 關東盟主袁紹有三個兒子，雖然都擁有兵力卻沒有人可挽回頹勢。如果你變身爲袁家三兄弟之一，會想出什麼法子對抗頭號敵人曹操？

1. 遍尋像徐庶、孔明般厲害的超級謀士，以奇計打垮白臉曹
2. 複製「句踐復國」的模式，除了睡草席、嘗苦膽外，送一整團美女給曹操，施展美人計
3. 採化敵爲友計策，與曹操成爲盟友，一起對抗共同敵人劉備、孫權、劉表

（這道題目沒有標準答案，上述答案僅供引導）

5

《三國演義》裡袁紹的三個兒子各懷鬼胎、劉表的二個兒子也互相對立，史上兄弟為了爭地盤、爭王位而成為仇人的例子不少，以下哪項屬於兄弟鬩牆的悲劇？

1. 戰國時期齊國公子糾和公子小白為了爭地位，都想致對方於死地
2. 孫權策畫毒計，害死哥哥孫策
3. 曹丕搶走大美人甄宓，與弟弟曹植翻臉

（參考答案見內文第51～54頁和《三國笑史》3）

6

劉表的二老婆蔡氏與弟弟蔡瑁多次設計謀殺劉備，幸好劉備命大，一次又一次地逃過劫難。如果是你除了騎著「的盧」逃走外，會想出什麼計策反擊？

1. 當著劉表的面，拆穿二人的毒計
2. 盡早離開劉表，自立門戶，不要介入他人的家庭風波
3. 假裝騎「的盧」摔倒，摔壞了腦袋，天天裝瘋賣傻，降低蔡氏、蔡瑁的戒心

（相關故事請參考內文第60、62、64、66、68、70頁，這道題目沒有標準答案）

7★ 「三顧茅廬」是《三國演義》裡相當火紅的劇情，以下哪項敘述與故事無關？

1. 因爲參謀徐庶的大力推荐，劉備才不辭辛苦地到臥龍岡訪高人孔明
2. 張飛鬧脾氣，所以留在軍營沒有跟隨劉備去臥龍岡
3. 劉備第二次拜訪時，見到孔明的弟弟諸葛均

（參考答案見內文第88、90、92、94、96、97、98、100、102頁）

8★ 有則成語叫「刮目相看」，說的是東漢末年大將軍呂蒙苦讀的故事。如果讓你構思一句廣告文宣，你覺得以下哪項標題最貼切？

1. 自己的人生自己救
2. 大量閱讀的經驗，是人生中最美麗的風景
3. 要讓自己發光，一定要有夠燙的靈魂

（相關故事請參考內文第119頁，這道題目沒有標準答案）

奇葩摩登男秀

《三國笑史》陪你晨讀10分鐘

漫畫家林明鋒老師趣畫三國、趣寫三國、趣講三國！

爆笑漫畫＋經典文學＋勁爆文明＋KUSO插圖＋搞笑對白

陪你穿越千年參與桃園三結義、討伐奸臣董卓、看戰神呂布轅門射戟有多神、欣賞關羽過五關斬六將的神勇戰績，以及見識古代女子時尚風、男子變裝秀、看貂蟬PK西施誰大勝、票選古代花美男和戰神、一睹古人吃河豚竟然服糞清解毒、梟雄曹操也擔綱演出愛情偶像劇、古人吃火鍋偏愛哪種口味、皇帝怎麼過除夕等等，保證過癮！

學習主旨

從「笑史」看「三國」，學習詞彙，了解典故，厚實閱讀能力。

三國笑史 1　賣鞋郎劉備出運了
三國笑史 2　關東主袁紹大進擊
三國笑史 3　戰神呂布大暴走
三國笑史 4　英雄關羽熱血戰紀
三國笑史 5　神算孔明揚名天下
三國笑史 6　瀟灑哥周瑜風雲鬥　即將出版
三國笑史 7　梟雄曹操大爭霸　即將出版
三國笑史 8　三國大亂鬥完結篇　即將出版

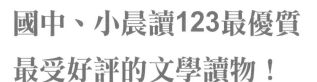

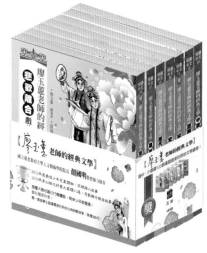

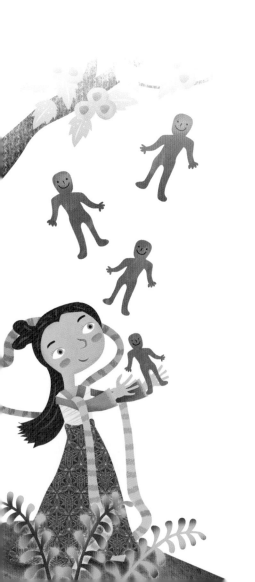

國家圖書館出版品預行編目（CIP）資料

三國笑史 5,神算孔明揚名天下！ / 林明鋒編繪.
－－初版. －－臺北市：五南，2015.08
面；公分 －－（悅讀中文；73）
ISBN 978-957-11-8184-4（平裝）
1.三國演義　2.漫畫

857.4523　　104011451

三國笑史⑤ 神算孔明揚名天下！

編　　繪　林明鋒（117.5）
發 行 人　楊榮川
總 編 輯　王翠華
策畫主編　黃文瓊
封面設計　童安安

出 版 者　五南圖書出版股份有限公司
發 行 人　楊榮川
地　　址：台北市大安區106 和平東路二段三三九號四樓
電　　話：（〇二）二七〇五—五〇六六
傳　　真：（〇二）二七〇六—六一〇〇
劃撥帳號：〇一〇六八九五三
網　　址：http://www.wunan.com.tw
電子郵件：wunan@wunan.com.tw

法律顧問　林勝安律師事務所 林勝安律師

出版日期　一〇四年八月初版一刷

定　　價　二八〇元